艺术青年说

申小轩◎编著

台海出版社

图书在版编目（CIP）数据

艺术青年说 / 申小轩编著 . -- 北京 : 台海出版社，
2018.8

ISBN 978-7-5168-2017-9

Ⅰ . ①艺… Ⅱ . ①申… Ⅲ . ①访问记－作品集－中国
－当代 Ⅳ . ① I253

中国版本图书馆 CIP 数据核字（2018）第 160912 号

艺术青年说

编　　著：申小轩	
责任编辑：姚红梅　曹任云	装帧设计：仙　境
责任印制：蔡　旭	

出版发行：台海出版社

地　　址：北京市东城区景山东街 20 号　邮政编码：100009

电　　话：010 － 64041652（发行，邮购）

传　　真：010 － 84045799（总编室）

网　　址：www.taimeng.org.cn/thcbs/default.htm

E-mail：thcbs@126.com

经　　销：全国各地新华书店

印　　刷：玉田县昊达印刷有限公司

本书如有破损、缺页、装订错误，请与本社联系调换

开　本：880mm×1230mm	1/32
字　数：150 千字	印　张：7
版　次：2018 年 10 月第 1 版	印　次：2018 年 10 月第 1 次印刷
书　号：ISBN 978-7-5168-2017-9	
定　价：39.80 元	

俞恒翀

毕业于英国中央圣马丁艺术与设计学院，川合创意创始人

孟火火

编剧，导演，摄影师，旅行作家。现居北京，从事影视行业

好妹妹乐队（左：秦昊　右：张小厚）

中国内地民谣乐队，成立于 2010 年。

代表作：《红红的太阳西边走》《祝天下所有的情侣都是失散多年的兄妹》

李璐瑶南

策展人，画廊主，宁波修山文化传播有限公司负责人

午歌

机械高级工程师，作家，堪称"文学界的周星驰"。

主要作品：《晚安，我亲爱的人》《一生有你》

卢庚戌

毕业于清华大学建筑系，中国流行男歌手，

中国人文民谣歌曲组合"水木年华"的主唱

匹诺曹人声乐团

宁波第一支专业化并以职业化为目标的纯人声乐团，成立于 2015 年

叶匡衡（左） 王乐汀（右）

叶匡衡，知名音乐人，Rapper（说唱艺人）。王乐汀，宁波知名唱作人。

两人共同创办 Billdisc&play 衡乐音乐工作室

余洋灏

品牌出海服务商 Red Cube（红方块）联合创始人，凤凰网驻硅谷特约记者

刘彦燊

We+（酷窝）联合办公创始人兼首席执行官，亚洲投资者副总裁、

美国克罗尼资本亚太区董事总经理

何培均

台湾最美民宿"天空的院子"创始人

傅瀛洲

"有眼市集"创始人

为何说？谁来说？怎么说？（代序）

《艺术青年说》项目始于 2016 年。那一年宁波正在举办"2016 东亚文化之都·中国宁波活动年"。同年，宁波市启动了"一人一艺"全民艺术普及工程。宁波市文化艺术研究院承担了若干对宁波城市文化艺术现象加以研究的任务。于是，宁波市文化艺术研究院与宁波音乐广播 FM98.6 合作，开设了《艺术青年说》专栏节目。《艺术青年说》既是一个传播项目，也是一个研究课题。应该承认，与一般意义上的做一档文艺节目不同，设计一档具有研究功能的节目是很困难的。在最初讨论怎么做好这项研究的时候着实有些"犯难"：文化艺术门类繁多、形态多样、对象各异，怎么破题？如何用有限的时间、精力和财力去做一件无限的事？斟酌再三，编者决定聚焦于这个城市的文艺青年群体，从了解和倾听他们的思想和作为开始，以一对一对话的形式呈现具有一定代表性的个案。

就这样，我们采访了许多年轻人，他们有的是海归，开办立足宁波的创意设计平台，专注品牌战略、产品设计及用户体验；有的用一种众筹式的写作模式，在互联网时代写就了自己的第一本书；有的是在宁波引入将每一个酒店客房打造成一个主题展示空间，将艺术美感与住家环境融合在一起的人；有的不是一个人，而是一群人，一群热爱唱歌的人，成立了宁波第一支人声合唱团；有的尝试将现代的电音与宁波的甬剧结合在一起；有的打造这座城市的创意集市……

当我们回顾一期期节目的时候，突然发现自己生活的这座城市与以往相比有些不一样了，历史的厚重还在，但变得更加文艺，更加青春，更加充满活力，更加敢于张开想象的翅膀，更加坚定地走在知行合一的路上。我们生活在一个人人都可以很文艺的时代，每个人都以自己的方式理解和诠释自己的文艺观。这种开放且伸展的理解文化艺术的方式会让我们期待无限的创造性与可能性，而不是将我们的文化生活分别以时间、地点、类别、形态等分类方式单独贴上了标签，以一种博物馆的方式封存起来。所以，我们首先是以对话、提问、聆听的方式开始我们的研究的。我们也希望这种研究能够打通专业人士和普通公众的界限，让每个人都能意识到自己具有用文艺的精神激发潜能的无限可能。

举办"东亚文化之都活动年"的时候，宁波市提出了"一都三城"的建设目标，这三城分别是"书香之城""音乐之城""影视之城"，这些目标立足于过去的成就，更着眼于城市的未来。我们既是给自己提出问题的人，我们追问这些文艺现象与我们的生活有怎样的关联，也同样是去试着回答问题的人，我们希望每个人都以文艺的方式实现自我更新。我们想做的事情还有很多，我们关心人，也关心城市的文化空间，未来会怎样，值得期待。而现在，不妨先从聆听和阅读我们的《艺术青年说》开始吧！

宋臻

目 录

第一说

俞恒翀：

设计，为什么

采访人物：川合创意创始人俞恒翀（毕业于英国中央圣马丁艺术与设计学院）。

访谈地点：117艺术中心

本期话题：我们在谈设计的时候，我们在谈什么？

不赚钱的设计算是好设计吗？如何定义一款设计的价值与价格？设计与产品如何共生？成功设计和成功产品之间，有什么分别？什么是艺术与商业之间的"鸿沟"？如何建立一个好的设计师平台？

　　对俞恒翀的采访，选在了117艺术中心，这里正在举办"WE ARE YOUNG"宁波优秀毕业设计邀请展，俞恒翀是这个展览的策展人。俞恒翀是一位80后海归，毕业于英国伦敦艺术大学（中央圣马丁艺术与设计学院），是宁波川合创意设计有限公司创始人。

　　"川合创意"是第一个立足宁波的创意设计平台，专注品牌战略、产品设计及用户体验，参与了众多一线品牌的创意设计，旨在以巧妙的解决方案来应对各种在品牌、产品、空间研发过程中出现的复杂挑战。俞恒翀和他创办的川合创意致力于帮助年轻设计师发掘自身的商业潜能，开拓职业道路。

艺术青年说：设计，为什么——专访俞恒翀

　　主持人：在一个公共艺术空间里面举办毕业生的设计展，在宁波还是第一次，怎么会想到举办这样一个展览？

　　俞恒翀：还是为了设计师。我们觉得他们花这么多时间做的毕业设计，不应该是学校学习过程的一个结尾，而应该是他们设计生涯的一个开端。同时我们也希望通过这样的展览，能够把优秀的设计师聚集到一起，让他们有更好的交流和互动。

主持人：缺乏平台和渠道，是不是目前艺术设计院校学生的设计作品难以被商业化的主要原因？

俞恒翀：并不单是因为我们缺少这个途径，学生自身这方面的意识可能同样不足。在做这个展览的过程中，以及在此之前的几年，我在看美院和其他学校的毕业设计展时发现了很多优秀的作品，但是其中只有很少的一部分最终能够实现商业化，或者实行落地，我觉得非常可惜。这次的设计展，展出了一个《查无此人》的手绘系列作品，包括手绘系列书签、插画和明信片。很有意思，这个毕业生在毕业答辩上，老师问她，这个东西有什么商业价值？她一下子被问倒了，就说她要当网红。（笑）其实她的毕业设计还是很有商业价值的，但她没有这个意识。其实在这次展出的过程中，也有许多商业机构想要跟学生有更多的跨界合作，所以我觉得应该有更多的人给他们灌输商业化的意识或者帮助他们做商业上的对接。

主持人：设计师的天性是和丑的东西作斗争，这个斗争也是伴随整个中国审美成长的一场大战。你觉得，以市场为导向与引领时代审美有没有冲突呢？

俞恒翀：因为一个好的产品一定是基于对市场的理解，经过千锤百炼才能诞生的，即便它再丑，在互联网上也能成爆款，这一定有其深层次的原因。作为设计师，我们的目的是帮助消费者，如果脱离目前的实际需求去创造一个十年以后才能看到的未来，我觉得这个设计是不成功的，我们得伴随着消费者一点一点地成长。

主持人：这次"WE ARE YOUNG"的展览上展出的设计作品还是很多样的，有的是结合网络热词的产品设计，也有对土特产品进行的时尚包装，还有一些用皮革、剪纸以及扎染等传统工艺制作的产品，也有对最新技术的应用……你选择参展作品的标准是什么？

俞恒翀：这次的展出中，我们主要挑选了平面视觉类、产品设计类、环艺空间设计类以及个别艺术设计类的作品。一方面，我们会去考量这个作品的创新程度和它有哪些吸引我们的有趣的点。我们也会考虑作品的完成度。因为有一些学生的想法很好，但最终没有很完整地让这个设计项目落地。我们会挑一些完成度比较高的作品。

主持人：现在很多广告公司，不愿意招收应届毕业生来实习，因为他们往往都不知道企业需要什么。对此你有没有一些共鸣？

俞恒翀：确实！有很多公司都不太愿意接收应届毕业生，这是因为他们没有用来培养这些学生的时间。即便是在学校里特别出色，专业成绩特别好的学生，进入一个商业团队以后，他可能也没有办法一下子做好商业设计，这是令很多团队头疼的问题。而且刚出学校的应届毕业生有时候不知道自己的发展方向，很有可能一个团队把他培养得差不多了，到头来他却发现这不是自己想要的，然后跳槽。我们川合创意正在做一个"实习生培育计划"。这个计划跟一些公司招实习生做人才储备的传统方式不太一样。我们在暑假期间，即6月份到8月份，整整十周时间之内只招三个实习生。我们对这三个实习生实施针对个人的PP项目，针对三人小团队的团队项目以及商业项目。在这个过程中，一方面我们给他们在学校里可能接触不到的、比较有趣的个人项目和团队项目，另一方面他们也会给我们的团队带来很多在商业项目中比较匮乏的活力，他们也确实经常能给我们团队带来很多惊喜。同时我们也会让他们慢慢尝试跟进一些商业项目，或者跟我们合作。这个计划，目前看来对学生自身的成长和我们团队的人才储备都是很有帮助的。

主持人：但是在这个电商时代，所有的数字都是跟着运营在跑的，很多时候运营和销售的声音在创业企业是不是会很直接地阻碍设计的思路和发展？

俞恒翀：是的，但是我们认为，设计师从产品开发开始，他对所有创意的理念，产品走向市场的数据分析，一定是比切割出来的板块更为全面的。为此我们做了一个尝试，以开发部门为主导，直接把策划、详情页、拍摄全部落地，主设计师全程把控并且对结果负责，经过这番调整以后，我们得到的效果非常好。

主持人：在很多人印象当中，设计师这个职业的工作状态应该是天马行空的，他们把你们想象成日夜颠倒的 SOHO 族……现实中的你们，是这样吗？

俞恒翀：设计师的日常就是上班，（笑）但相对来说更自由一些，比如上班时间更晚，不需要打卡。但是，设计师会接触到很多好玩的人，跟很多好玩的人一起做一些好玩的事情，这才是这个职业最重要的特色。能够保持永远年轻的状态，这个是最理想的。

主持人：如果在设计思维、执行力和沟通能力中三选一，你觉得对于设计师而言，最重要的一项能力是什么？

俞恒翀：你刚才说的那几点都是后期培养的，如果有好的导师，这些能力在短期内就可以迅速得到提升。但从我个人角度来看，我们在挑选设计师或者合作伙伴的时候，更为看中的一点是好奇心，这是天生的因素。

主持人：在你的团队中，从性格和天赋来看，哪些星座比较胜任设计师这个职业？

俞恒翀：这个还真没了解过，我是射手座的，我的合伙人有双子座的，有一个是白羊座的。

主持人：设计是一个高薪行业吗？

俞恒翀：赚钱可能只是学设计的结果之一。有赚钱的设计师，也有不赚钱的设计师，但好的设计肯定是有价值的。

主持人：一个设计的价值和产品的价格之间，可以达到一种平衡吗？

俞恒翀：设计不等于产品，也不能说有了好的设计，这个产品就必定成功。因为产品不只是设计，它还会受到环境、市场以及用户等等其他因素的影响，在一个成功的产品中，好的设计可能只占其中的一小部分。

我也不觉得设计的价值和价格是一个矛盾。把为了三五个人而设计的产品卖出三五万件是一个奢求。设计是有目标的，我觉得卖三万五万的也是好的设计，我们迎合的是消费者需求，而不仅仅是所谓的消费者喜好。

主持人：不赚钱的设计算是好设计吗？

俞恒翀：这样的设计是存在的。现在设计的范畴已经很广，有些设计公司开始提供服务设计的理念，也有公司跟银行合作。他们设计的最终成果不单是一件产品，它可能是一种服务，可能是某种解决途径，也有可能是一种理念。所以说，设计并不一定能直接转化成经济效益，这个很难说。

主持人：甲方和设计师之间的"鸿沟"，真的难以跨越吗？

俞恒翀：可能是。不一定所有的甲方都和我们的价值观或者设计思维相一致，有的甲方可能只是为了达到某一个眼前的目的，比如赚钱，他们要求非常快速地把产品转化成经济效益。他们会要求我们去现有的展会找相关的产品，把它"改造"成一个相似的。今年做这个产品赚钱，就做这个产品，明年他们可能做别的产品，他们没有可持续的长久发展的思维。和这样的甲方合作，设计师是非常痛苦的，因为从真正做设计的角度，设计师会考虑得很多。

其实这几年来我们慢慢发现一个问题，很多优秀设计师的设计还是基于团队或者甲方要求，但是最终属于设计师自己的作品是缺失的，这也是我们这个团队想要尝试的改变。我们会联合一些设计师，针对某一种材料、某一个产品或者针对某一个问题做相关的设计。在这个毕业展之后我们也会尝试跟其他的设计师合作，做一些主题性更强一些的展览。

主持人：所谓开发设计师的自主品牌吗？

俞恒翀：可以这么说，这个发展方向非常困难，用于将设计落地的时间、精力和金钱非常少。我们刚开始可能以公益的方式，或者从比较小的产品或者一个小问题入手，联合一些设计师先从小东西着手，做一些改变，接着慢慢地结合商业，帮设计师培养能力，获得经验。

主持人：以设计主导企业，你觉得会产生一个反推的效应？

俞恒翀：对，杭州有一个团队叫"品物流形"，他们之前有跟当地政府合作，开发与当地非物质文化遗产结合的产品，通过设计师的思维或者力量进行创新，把产品带到国外去参加展会，获得了很好的反响。现在他们在做主题非常有趣的世界巡展。

主持人：你觉得宁波是一个很好的创意环境吗？

俞恒翀：其实并不是，宁波的创意设计氛围跟北上广深相比还有很大的差距，但是现在我们也逐渐意识到，创意团队受到的地域影响正变得越来越小，我们只要有互联网或者一个良好的跟外界沟通的桥梁，在宁波或者其他城市都可以做相同的事情。在宁波还有一个好处，它不像大城市那么喧嚣，我们想静下心来，安安静静地做一些我们觉得对的设计，或者说对的事情。

主持人：川合创意的设计标准强调"简单"两个字。我一直觉得你们的设计好像在传达这种观念：一个好的设计是价值的传播。

俞恒翀：简单的意思不一定是外观或者设计非常非常简单，我们对简单的定义是，让大家忘记这个东西的存在，让它融入到你的生活里面，它不会为了吸引注意力而做得非常漂亮。其实设计也是一样，我们觉得真正成功的设计就像我们日常用的筷子或者说一次性的水杯、勺子一样，大家已经慢慢忘记这个产品的存在或者设计点，这样的设计更持久。

主持人：这些理念是源于你在国外学习设计时受到的影响吗？

俞恒翀：国内国外的方向和定位是截然不同的。我在英国的两年最大的感触就是，学校或者说课程的一些项目更侧重的是培养学生的思维方式和解决问题的能力，而不单单是集中在某一个产品或者某一个技能上。可能本科和研究生的定位也不太一样，比如说，某个课题就是直接让我们发现社会上某一种冲突、某一个问题，并且要求我们通过设计的方法和思维去解决这个问题或者冲突。虽然大家都是学工业产品设计专业的，但是这个课业最终呈现的结果通常是五花八门的，有用表演形式来表现这个解决方法的，有用服务设计的方式来解决这个问题的，有用产品的，有用 App 的，各不相同。但最终他们会继续深挖自己得出的结果的价值，如果这个表演真的能够解决问题，表演者会逐渐深挖和细化，它可能真的会转变成为有商业价值的、真的能够解决问题的落地办法，这是国外的设计团队给我的很大的感触。

第二说

孟火火：
旅行对我来说是两把火

采访人物：孟火火，编剧，导演，摄影师，旅行作家。现居北京，从事影视行业。

访谈地点：枫林晚书店

本期话题：旅行的意义

一次失恋，让孟火火踏上了行走多国的旅途，从此他的生命有了不同的"精彩"。对他而言，旅行的意义是什么？旅途中，他又遇到了什么人，采撷了多少温暖的瞬间？孟火火把他的旅途记录下来，成就了他的第一本书，一本记录旅行故事和摄影的书。《孟火火的第一本书》用了一种前无古人的预售方式——直接转账和本人快递。于是，一种众筹式的写作模式，在这个互联网时代应运而生。

扫码收听本期节目

"孟火火是真名吗？"

"真名。"他回答。

"你怎么介绍自己？"

"你大爷。"他回答，他说自己长了一张"老脸"，不巧，他还长了一头白发。

我知道这可能不是一句玩笑话。孟火火，一位"1985年生的1963年人"，一个"潇洒"的追梦人，身兼编剧、导演、摄影师、旅行作家数个身份。孟火火的名字，给他带来了超火的激情和动力。我问，第一本书卖得火吗？他说，一百年后还可以更火。

《孟火火的第一本书》是他作为一位导演和摄影师，行走多国，拍摄和记录下的旅行故事。他的旅行故事和沿途摄影诱惑了不少蠢蠢欲动的心，他在西藏遇上了一群陌生的朋友，在尼泊尔迷失在灯光闪耀、红黄蓝绿的伯克拉，在中国戏曲的悠扬声中，在黑暗的奇特望河畔点起了篝火，在泰国的小城过了一个安静的圣诞节。

他还用了一种特别好玩的预售方式，把书的销售当作一种行为艺术。孟火火说，这是一本看完以后会让人大笑的书。有人买了书，大半夜发来微信说，"你骗人，明明说会笑得肚子疼，你害得我现在大哭一场，两点多了。"

艺术青年说：孟火火的第一本书

主持人：你的身份其实挺多的，既是摄影师，也是导演，还当过编剧，你有一个比较主流的身份吗？

孟火火：这个问题问得很好，我写了一首诗：当别人问，你是个摄影师吗，我说我是个编剧；当别人问，你是个编剧吗，我说我是个导演；当别人问，你是个导演吗，我说我是个摄影师；当别人问，你到底是什么，我说我是个人。

主持人：你在书的后记里提到了第一本书的来由，是因为"你失恋了，在 2011 年的夏末"。真的吗？

孟火火：这本书写作的时间点是在失恋开始的时候，当然也确实受到失恋的激发，那段时间朋友来救我，说没事来给我拍个片子吧，其实他主要是想把我从不良情绪里面拉出来。但是我发现工作的效果并不太好，所以有一次在延安拍完一个广告以后，我决定直接去拉萨，试试旅行。结果去拉萨以后我和很多熟悉的事情断开了，心情就好一些。我那个时候没有事情做，就开始写作。没想到我写一些短小的段子，写一些小故事，大家都很喜欢看。那就继续写吧，所以我慢慢地写下来，就写了第一本书。结果现在第二本书、第三本书也都写完了，就是还没出版。

主持人：一个文艺"单身汪"行走了这么多地方，有没有给你带来一些"女人缘"？

孟火火：我发现我没什么女人缘。可能这跟我的生活方式有关系，我在北京的时候，除了工作是不会出门的。如果我不在北京待着的话就在旅行，旅行很辛苦，谈情说爱的机会也很少。

主持人：你的旅行第一站是拉萨，为什么文艺青年第一站似乎永远都是去拉萨。你有没有想过从别的地方开始，比如某个海岛？

孟火火：旅行第一站并不是拉萨，但是这本书的开始是拉萨，拉萨是一个非常特别的地方。朋友问我如果想去旅行该去哪里？我觉得，去拉萨，因为西藏是世界上最好的地方，最特别的地方。可能是因为宗教，可能是因为文化，也可能是因为地理因素。三者结合起来，它的空气、它的山、它的水和它的蓝天就像有生命一样，给我的感受非常清澈，即使不去思考，你也会因为视听的刺激安静下来。

主持人：走了这么多城市之后，现在对"旅行的意义"会有不同的定义吗？

孟火火：我对旅行的理解就像我的名字一样，旅行对我来说是两把火，一把火燃烧我的青春，一把火沸腾我的生命，这就是我对旅行的理解。

　　我终于实现了在世界屋脊进诊所就医的第一次，感觉除了不会死，跟在其他地方比也是一样的。前天差点跑断气才把签证表交到了尼泊尔大使衙门，办手续的时候柜台里面一个尼泊尔中年官差莫名其妙地望着我笑了半天，在被误认为是欧美、日韩、港台以及藏族本地人之后，我想这个家伙脑袋里不会觉得我也是他的同胞吧？我有这么黝黑吗大哥！在东措信息墙正合计怎么求个拼车以避免孤单上路被劫色的命运，结果当场就被小金跟阿瑞给劫了，两人都是辞去工作前来闯荡江湖的少侠，功夫高强，我只好束手就擒地被他们绑去了尼泊尔做压寨夫人。谁知这一波未平一波又起，在老赵酒吧跟老杨、小周和美君三位大侠又狭路相逢，几位高人江湖豪气，一顿酒后决定把我升级成书童，一路上讲笑话听，不然就掉脑袋。好吧，只身闯荡，两字——认栽。后来好汉队伍越来越大，大家都觉得我和蔼可亲，像个1963年的老大爷，但不管怎样总算是有辈分了。清晨七点半离拉萨日出还早得很，独自等待不是特别冷，是冷得特别，特别温暖。很惭愧，一把年纪才初次踏出国门，本打算两个人，没想到变成了一个人，更没想到现在又变成了一群人，

　　一群好人。

　　　　　　　　　　　　——《孟火火的第一本书》

　　主持人：《孟火火的第一本书》用了一种特别"拼人品"的预售方式：承诺不打折，书款直接到账，价格坚决不动摇——"纯天然版"56元一本，"梦想家版"100元一本，"呆萌版"1000元一本，"呆版"1亿元一本。不说"呆版"了，1000元一本的"呆萌版"，有人买吗？

　　孟火火：有五个人买了，都是出这本书以后加我微信，他们确实"很傻"。（笑）但我后面也做了很傻的事情。在2015年年末那次出去旅行之前，我用了一个月时间把这本书和我的单张整版的大单页，一份小礼物，亲自送到我十篇序的作者和"呆萌版"的买家手里面，这是我当时的承诺。

　　主持人：你有问过他们为什么花1000元买你这本书吗？

　　孟火火：可能就是参与吧，或者觉得这个事情很好玩，当然还有朋友是一下买好多的，现在也是朋友。

　　主持人：采用这样的预售方式，不担心卖不动吗？

　　孟火火：我做这本书就是把它当作一种行为艺术，为什么我要一意孤行，自费出版这本书呢？我就不想走传统的方式，我觉得这件事情非常有趣，我自己做一本书的话会更可控，后面所谓的预售公告1.0、2.0 都是在这个前提下做的，这么做是为了好玩，让我的朋友、我的读者觉得这件事情很有趣，为什么他做的不同，为什么书做这样的设计，但没有为了销量，因为我并不在乎销量，我不靠写书生活。

主持人：写书的人不关心它的销量？

孟火火：我指的不在乎并不是说完全不关心，作为一种行为艺术，这本书的销量是最后一个环节，我的目标是卖完 3000 册，能回本就说明这种行为艺术做成功了，到目前为止 3000 册早已卖完。

主持人：结果超出你的预想吗？

孟火火：不是超出我的预想，而是达到了我的预想，写完这本书的那一刻我就知道它肯定会卖到 3000 册的。

主持人：预售的过程有带给你一些惊喜吗？

孟火火：每卖掉一本书都是一个惊喜。有一次我参加旅行网站的活动，是被当作"男神"请去的，（笑）去了以后一个好大、好壮的大老爷们当场买了我的书，大半夜发微信过来，说"你骗人，明明说会笑得肚子疼，你害得我现在大哭一场，两点多了"。我们两个现在关系很好，没事就一块儿吃个饭。我还有一个朋友，他看了我的签售会以后买了一本书，回去以后给他儿子看，他儿子9岁。他说，莫名其妙，这本书他还没看的时候，他儿子就开始看，但他看得哈哈大笑。他不知道他儿子是否真正理解我所表达的东西，但他看得哈哈大笑。然后我发现原来这本书还可以卖给小学生，又多了一个渠道。

主持人：似乎还有一个朋友想要在你的书里插播他的"征婚广告"？

孟火火：对，我插播进去了，我们是在从拉萨去印度之前结的伴。他是一个很有文化的人，我们一起在印度旅行的时候，他没事扇把扇子吟诗作赋，拿水当茶。因为印度没茶，确实是很有文化的一个人。不过他现在已经找到另一半。这一点已经足够了，而且他的另一半经常因为这篇文章跟他吵架。

主持人：为什么？

孟火火：吃醋。但他们现在关系很好，这也是一个玩笑，我跟他们见面以后，他女朋友每次看完这篇文章都会来找我算账。

乌代布尔天天下雨，因此没拍照也没远行，在旅馆

的游泳池里泡了两天的好兄弟总算恢复了元气，只可惜离别已近。红说离别总是在雨天，我说他想多了，在雨季干啥不是在雨天。于是红终于不再抒情，开始慢慢整理他的行囊，还伴随着喃喃自语。红说他这一次出来最庆幸的就是遇到了我，我不知道在遇到我之前他是经历了多么巨大的不幸才能得出如此肤浅的结论，所以我告诉他，一些人的幸福总是建立在别人的不幸之上的。红说为什么我总能说出这么多让他无语的道理，我说因为他是个好人。临行前红对我千叮咛万嘱咐的不是注意安全，也不是没钱了给我致电，而是让我一定要把他的一句话写进文章里，对此我伤透了脑筋。因为我一直没有找到合适的方式把他那句跟我没有半毛钱关系的征婚广告写进文章。但大男人怎能失言，既然答应了就要做到，于是我打算在这篇我自己都不知道如何收尾的文章结尾勉强给他做个植入。红说咱们百般错过悔恨不已，所以会在未来的每次遇见都说爱你。

——《孟火火的第一本书》

主持人：你行走了这么多国家，有没有对一个地方的印象特别深刻?

孟火火：对于我来说每个地方都很特别，因为我旅行之前并没有看过什么游记和别人的什么攻略，可能拿了一本《孤独星球》就走了。《孤独星球》主要是介绍线路，我出发以后觉得每个地方都很新鲜，都能给我很特别的刺激。但是如果要说哪里最特别的话，确实要提到印度。如果让我现在推荐的话，除了中国就是去印度，印度简直不可思议，上一秒天堂，下一秒地狱，上一秒你恨某个人，下一秒可能就会爱上他。你说的那个"征婚广告"的那个哥们，他刚到印度第一天就说他要回去，这不是人住的地方，接着就要订机票，结果他留了下来……回去之前说印度以后还是要去。印度确实是一个非常不可思议的地方。

我第一次去印度的时候，丢了硬盘，里面所有在印度拍的原片都没了，但我还是深深地喜爱这个国家。印度还给人一种非常不同的感受，它是摄影师的天堂。从地貌方面来说印度有雪山，有海岸，还有沙漠和内陆，色彩非常丰富。而且印度老百姓非常友善，很愿意拍照，所以既可以拍到很好的肖像，又可以拍到很好的风光，印度是一个值得反复游览的地方。

　　　　咕嘟耸了下肩，无奈地笑了笑，接着发动车子在瓦拉纳西滚烫的夜色里渐渐远去，这就是我对印度的第一印象，充斥着焦灼的无奈和随遇而安。可能是因为尼泊尔太像印度，所以从苏诺里边境进入印度后一直没有什么特别的感受，从感觉上来说是更热更拥挤更破败和更稀里糊涂，从尼泊尔边境到加德满都的路上处处都有关卡，处处翻包检查，而在印度边境我们连护照都没亮一下就径直走了过去，要不是担心出境的时候会有麻烦，我们就直接奔到瓦拉纳西去了，才懒得返回边境移民办公室办理入境手续呢。当我们看到通往瓦拉纳西的大巴车，瞬间决定另行包车了。一个没有空调的烤箱，在43℃高温下颠沛流离几十个小时，里面的面包还不得烤成锅巴吗？于是在移民局旁边的小店里，经过两番离家出走被唤回后终于敲定了包车的价格，咕嘟跳下车已经是一个钟头之后了，他过来点了点头表示问候，然后表示了歉意，说路上堵车，车子基本动不了。我问从他出发的地方到这里有多远？咕嘟说两百米，于是我就服了，两百米我用十分钟滚都滚过去了，为嘛要在这个只有风扇吱吱声响没有凉风唔唔吹的屋子里蒸上一个钟头啊！咕嘟是一个沉默的人，一路上都没说几句话，加上他浓重的咖喱口音什么都说不明白，索性就只剩下憨笑了。

——《孟火火的第一本书》

主持人：除了走过一些地方，旅行最打动人的还在于认识一些原本陌生的人。你遇到的那些人有没有给你留下一些柔软的故事？

孟火火：书里面写到一个故事，那年我徒步加搭车去拉萨。有一天我们在旅社碰到一对老夫妇，男的65岁，老太太64岁。第二天出发之前我们一起吃饭，就问他们为什么干这个事？他们说以前没有时间，现在有时间了，他们俩都退休了，可以把这个梦补回来。突然他接到一个电话，他拿起来就骂，大概意思就是你不要担心，什么叫乱搞，老子搞你出来才叫乱搞，没事别打电话过来。那是我听过的最坦诚的父亲的告白，这件事很感动我。当时看老人的态度，我还以为发生了什么事，但是我同时又可以体会到子女对他们的关心，又能看到老人对梦想的追补。当时老人骂得很大声，老太太在旁边笑眯眯的，很温馨。

主持人：你有因为这一趟旅行改变什么吗？

孟火火：在我身上发生的改变就是变得更乐观，更热爱生活。我看到了那么多善良，那么多美好，也看到了很多不好的东西，但是就像我第三本书里面写的那样，一善杀万恶，即使遭遇了一整天的坏事情，但是当晚上遇到好事情的时候，我就会觉得那些事情都过去了，都不算什么，因为世界依然是美好的。

主持人：在很长很长的一段旅行回来之后，会不会跟现实会有脱节？

孟火火：跟生活挂不上钩吗？我没有这种感受，因为我在北京的时候，即使不工作也不会在外面社交，出去旅行跟在国内待着的状态基本是一样的，我在外面的时候甚至比在国内要更鲜活一点儿。

　　主持人：旅行会不会也是一种从充满压力或者比较世俗的生活中的逃避？

　　孟火火：可能对于某些人来讲是这样，但是对于我来说并不是。因为我没有生活压力，任何困难、险阻和逆境对我来说都是很开心的，因为这些东西都可以锻炼我，我的态度是这样。所以对我来说，出去旅行，只是想更加拓展我的眼界和思维。

　　主持人：你是从什么时候开始正式从事摄影这一行的？

　　孟火火：从事影视摄影应该是从我离开南京，2012 年末到北京以后开始的，那时候我正儿八经开始拍摄影视作品。

　　主持人：现在网上有很多教文艺青年《怎样才能拍出文艺范儿的照片》的教程，在你的概念中，什么样的照片算是比较好的照片？

　　孟火火：因为那些路上的照片令人眼馋，所以常有人问我"你用的是什么相机"？我通常说"我最常用的品牌是视网膜外加两百度近视"。同样也有人问"你用的是什么修图工具"？我说"手"。
　　好照片能让大家感受到你所表达的情感，让大家有所触动，它并不一定要求完美的构图和用光。如果一张照片没有情感上的共鸣就只是一张普通的照片。第一次旅行，从成都到尼泊尔的照片我全是用手机拍的。在自媒体时代我们并不太关心像素和照片的清晰度，拍照的目的仅仅在于传播，对这个时代来说传播也很重要，手机有这个便利。第二次出行用的是尼康D90，一个入门级单反相机。

主持人：有你特别满意的照片吗？

孟火火：这张封面自拍照，（笑）我最喜欢这只狗，你看它的眼神很鄙视我，好像说你是谁啊。还有这只熊猫也是我拍的照片，一脸鄙视的样子，感觉很了不起。

主持人：我知道这是你的第一本书，将来还有出第二本、第三本的计划吗？

孟火火：第二本书是旅行故事，也像我的工作笔记。我这次出去基本就能写完第三本书了，纯旅行故事。我打算今年把第二本出了，明年出第三本。里面有四篇小说，准备改编拍电影，我打算明年执行。

主持人：你的第二本书和第三本书，就准备叫"孟火火的第二本书和第三本书"吗？

孟火火：这是一个三部曲，这本书再版的时候很可能改名字也可能不改，但是上面都会有副标题，第二本书可能有副标题《第二本书》，第三本书有副标题《第三本书》，但是也可能会有名字，像第一本书完全可以以《游魂故乡》为主标题，第二本书我也有相匹配的一句话，第三本书就是整个出现在这三本书上面，所以三本书写完以后我就不会再写游记了。

主持人：发现你参加过崔永元的新锐表演计划，后来有选进吗？

孟火火：有选进，但是我的片子因为太敏感，最后进入下一轮的资格就被剥夺了。

主持人：听说你本行学的是英语？

孟火火：商务英语，但我上大学的时候基本没去上课，其实大部分出来改行的人都没有上课。我们在宿舍里就是谈电影、练剪辑，勤工俭学打两份工，买了一个小DV，拍片子、制作，都干这些事情。

主持人：你喜欢什么样的电影？

孟火火：我喜欢我自己的电影。

主持人：挺好的，就这样结尾吧。

　　孟火火：别啊，其实我喜欢好电影，我喜欢又赚钱又极具艺术品质的电影。

　　主持人：这个我是不会剪进去的。（笑）

　　"旅行就是一场接一场的温柔告别，不许再见的诺言，只说祝福的情话。"在古城菲斯与人分别的时候，孟火火这样说。一个硬汉对心里的温柔毫不掩饰。或许旅行的魅力就像他口中的撒哈拉，脚印总是被快速地抚去，却让所有人不留痕迹地爱它。

第三说

好妹妹乐队：

我们的情歌，祝天下所有的情侣都是失散多年的兄妹

采访人物：好妹妹乐队，一支于 2010 年成立的中国内地民谣乐队，由秦昊和张小厚组成。2012 年，推出乐队首张音乐专辑《春生》，后又陆续推出《南北》《说时依旧》《送你一朵山茶花》《西窗》等专辑。并在 2016 年举办了"自在如风"全国体育场巡回演唱会。2017 年 4 月 7 日，推出乐队第 6 张音乐专辑《实名制》。

访谈地点：宁波·火鸦音乐节

本期话题：音乐的新互联时代

性格不同、专业迥异的张小厚和秦昊是怎样走到一起，成为中国内地大受欢迎的民谣乐队的？从专辑时代到单曲时代，音乐更偏向自我还是大众？做网络电台、造微博话题，如今我们是否过于倾向音乐人的"社交力"？回归音乐本身，秦昊和张小厚又在思考怎么样做好音乐，做什么样的好音乐。

当天去好妹妹乐队下榻的酒店采访他们的时候，已经半夜十一点了。他们刚刚结束了火鸦音乐节的压轴演出，没顾得上吃饭。火鸦音乐节的前一天，好妹妹才结束了在上海简单生活音乐节的演出，刚刚过去的十一长假，他们连续跑了四场音乐节，每一天都忙到深夜。

估计当年孟庭苇唱《你究竟有几个好妹妹》这首歌的时候不会想到后来有一支乐队会把她的歌名变成自己的名字，为了纪念两人的第一次合作，秦昊和张小厚索性把两人的乐队命名成了好妹妹，乐队组建于 2010 年 4 月。

2012 年 7 月，好妹妹第一次来到宁波，在一间小酒吧演出，来了四百多个人，吃了很多海鲜，他们就这样熟悉了这个城市。再次来到宁波，他们就把 2016 年的最后一场音乐会演出留给了梁祝小镇的火鸦音乐节。

艺术青年说：我们的情歌，祝天下所有的情侣都是失散多年的兄妹——专访好妹妹乐队

主持人：刚刚过去的十一长假，你们俩连续跑了四场音乐节，有多少年的长假是这么过的？

张小厚：大概从 2013 年开始吧。因为 2012 年出道之后没怎么上过音乐节，2013 年开始第一次上音乐节，镇江的长江国际音乐节。从那开始，基本每年的五一和国庆期间，我们都是要一天去一个城市演出。

秦昊：而且国庆本来就没什么好玩儿的，工作多好啊，很充实的。

张小厚：第一次来火鸦，这场有可能是我们今年最后一场音乐节的表演，要开始准备演唱会，要录节目。因为很喜欢在现场跟大家一起玩儿的感觉，今天算是玩儿得很开心了。

主持人：每次都有媒体问你们好妹妹这个名字怎么来的，你们会觉得特别烦吗？

张小厚、秦昊：会的（不会的）。

主持人：第一次这么没有默契。

秦昊：就是心里觉得好烦，可是表面上还要微笑。

主持人：如果让你们再取一次名字的话，还会取这个名字吗？

张小厚：其实取什么名字都无所谓，但是可能会取一个相对优美一点儿的。

主持人：比如？

秦昊：酷炫男孩？ The Fighting Uncles（加油，大叔）之类的。（笑）可能会好好想一个吧。

主持人：你们不觉得你们的名字刚好跟你们的歌很像吗？非常有亲和力。

张小厚：我觉得 label（标签）这个东西是大家想办法去贴的，跟星座也很像，大家总会找到一些点。其实好妹妹这个名字只是我们两个的玩笑，慢慢变成了一个符号而已。

主持人：你们一个是理工的，一个是插画师，一个是金牛，一个是双子，应该是完全不搭的，怎么就成为一个组合了呢？

秦昊：人和人之间没有不搭的，只是没有遇到而已。全世界 70 亿人，你怎么知道被十二个星座分成哪种和哪种不搭呢？这种组合排列太有限了，只是你没有遇到那个跟你搭的人。

主持人：所以你们是一拍即合？

张小厚：我们是先做朋友再做组合的，因为做朋友这件事情对我们两个来说已经筛选了很多真正能留在你身边的人，首先做朋友对我们两个来说已经很难得，恰好又是很好的朋友，才想着做音乐好了，做组合。

秦昊：而且我觉得不是不搭，是不同，而且不同这个东西没什么不好的，人与人肯定不同，大家有一个互相影响、互相牵制的东西反而很好。

张小厚：夫妻也是这样的，不光是朋友之间，"相亲相爱"才可以一起变得更好。

主持人：你们两个在生活中是暖男吗？

张小厚：我不觉得一定是暖，但我们两个很喜欢替别人考虑，算体贴的一种吧。

主持人：微博上有一个好妹妹的后援团，你们的粉丝有大学生、中学生、小学生和中年女性……

秦昊：那是我们自己写的，还有白富豪，白领女老板……

主持人：他们表达爱的方式有什么不一样吗？

张小厚：有区别。有的人每场都来，特别热情，音乐节都会跟。有的人特别优雅，特别淡定，演唱会默默地出现。该我们演出的时候，大家就演出那种疯狂。我以前很喜欢 TFBoys 他们出来的时候，台下的粉丝的尖叫，然后我们的粉丝就在 KTV 里面点我们的 MV，一看到我们的脸他们就"啊！啊！"地尖叫，然后拍下来专门发给我们。我觉得大家互相了解，玩笑也好，大家很了解彼此，算是一种有趣的关系吧，不是简单的偶像和粉丝，我们和粉丝之间更像朋友，会有我们之间的小默契和一些开玩笑的点在。

不羁的秦昊和温暖的张小厚在一起的画风和搭配很有趣，考过研，流过浪，是标准的社会青年，他们俩都不是学音乐出身，但他们喜欢音乐。原本只想出一张有版号的专辑留在这个世界上，却没料到就突然成功了，他们的 LIVE 从最初的只有几个人发展到现在几千人的场子。尽管一路经历了许多褒贬，但好妹妹无疑红了。

红了的好妹妹依旧不讨好地做着自己，我行我素地走着清新的城市民谣路线，一路唱着节奏舒缓悠扬温暖的歌，2012 年乐队独立发行首张专辑《春生》，收获了包括豆瓣年度民谣专辑、音乐风云榜新人奖民谣类提名等奖项，后来的第二张专辑《南北》里的一首《我到外地去看你》至今仍是无数异地情侣的圣歌。

主持人：我看你们前两天在微博中说，你们获了一个"最佳社交网络音乐人"的奖项，这个应该跟你们各自在微博的活跃度有关，而且你们做得很频繁。

张小厚：其实我们两个人也只是做了大多数唱片公司该做的事情。因为新浪微博推出这个功能，办演唱会当然要建话题页，设计好图片之后自然而然就会让粉丝发微博的时候加 Tag（话题），自然而然它的阅读量就会很高。我今天刚看了，我们的话题有 4.3 亿的阅读量，作为平台，它会觉得我们善于利用互联网时代的新媒体平台，我们有自己的话语权，我们可以把宣传做到那么大的量级。因为所有人都可以这样做，只是我们做到了。

秦昊：最开始听到的时候我在琢磨这个奖什么意思，为什么是"最佳社交网络音乐人奖"，网红歌手的意思吗？后来想想其实不是，因为我们投身在网络事业里面。

主持人：你们刚从简单生活回来，记得李寿全在简单生活接受采访的时候说，现在做音乐对他来说可能是苦中作乐，我不知道你们是不是有这样的感受？

张小厚：我们从来没有觉得有多苦，因为生活就是这样，你在什么阶段可能就会面临什么，刚毕业就是没钱，就要租房子，要节衣缩食，我们以前很穷很穷的时候也没有觉得苦。说实话咱们所在的这个时代和咱们生存的环境还是不错的，现在祖国这么美好，社会这么安定，在美好的社会环境下会产生一些美好的东西。

主持人：最初我在听这两个声音的时候，我想张小厚应该就是那个厚实的声音，结果发现我好像错了。

秦昊：很多人这样讲。

主持人：他的声音比较亮一点。

秦昊：你这样想，他本名叫张亮，所以他声音比较亮。

张小厚：我以前听说一个评论特别有意思，说秦昊的声音像一杯酒，比较绵厚，百转千回，而我的声音比较像汽水。

主持人：有点气泡。

张小厚：甜的那种。

秦昊：对。或者说我是威士忌，你是金酒之类的。

主持人：他清澈一点，而且你的中低音特别感性。

秦昊：我们会相互补全。

主持人：对。你们喜欢的偶像可能属于专辑时代，现在变成单曲时代，传播的方式也不一样，你们是不是也有困惑，或者也有一点不适应？

张小厚：没有没有，完全没有，因为我们从来也不会看别人怎么做，我们想发单曲就发单曲，想发专辑就发专辑，因为大家都说唱片行业已经死掉了，它既然已经死了，那我想怎样做都可以。也不会有什么特别成功的案例告诉你必须在这个时代要怎样做才会成功，没有成功学的方法论，我们就发专辑，发单曲、巡演，做自己想做的，觉得能做就可以了，不用管别人觉得应该不应该。

秦昊：可能很多人有商业上的考量，衡量发专辑的性价比和发单曲的性价比，两者是非常不一样的，成本什么都是不一样的，但是我们除了商业方面的考量，还有自己的选择，就是我们选择要做什么。

张小厚：我们今年发了很多单曲，没有发专辑，但是从最近开始要筹备新专辑。

秦昊：还是感觉来了以后你自然就想去做专辑了。

主持人：你们翻唱过好多老歌，翻唱过齐豫的歌、王菲的歌、南方二重唱的歌，似乎都是一些早年的歌。

秦昊：对，都很喜欢，20世纪80年代是我们的壮年时代。同时我还喜欢蔡琴、喜欢邓丽君，她们听起来好像不是一个80后或者90后会喜欢的。

张小厚：我觉得那些东西好，自然就选择了。

秦昊："好"这个词其实很苍白，你说什么样是好？没有统一的标准，但是听着觉得很舒服，大家都有个整体的感觉。我们前两天还在讨论，我们一听卡彭特的女声就说这个声音很安全，听起来很有安定感。就像我们喜欢的那些老歌，听到那些歌会觉得很安全，像回到童年，什么事情都不用担心。

主持人：很有意思，有人采访民歌三十年的台湾歌手，问他们听现在的流行音乐有什么感受？他们说歌词比较差。你们觉得现在你们的创作跟那个年代的创作相比，你们的歌是更好一点还是不及他们，能不能唱出那种味道？

秦昊：我们有几首还是不错的。

张小厚：我觉得时代不一样。你去比较歌词，欧美很多音乐讲究是 Groove（律动）和 Beats（节拍），但是对华语音乐来说真的是词曲最重要，因为在华文世界里大家对有意象性的东西和感知性的东西极为敏感。时代不一样了，那时候台湾是田园派，歌颂走在乡间的小路上，就是那么简单。现在时代不一样了，好像也没有什么可比性，因为我们现在唱的就是我们现在的生活。经历了什么才能写出什么。

主持人：总体来说还是风花雪月。

张小厚：因为我们成长就是在杭州的大学，在长春的大学，我们经历的就是那些谈情说爱的小事情。

秦昊：罗大佑有一首歌，批判台湾民歌，说风花雪月之民歌就是这样。但是我觉得风花雪月没什么不好，现在也在歌颂风花雪月，这种美好是永恒的向往，爱情故事大家永远都在说。

主持人：有一位你们的粉丝问，有没有考虑过以后朝影视圈发展？

秦昊：一直都在发展。

张小厚：客串过大电影，接下来可能也会谈很多影视剧的合作。

秦昊：之前唱过一些影视剧歌曲，我们也做过客串，接下来可能还有更多。

张小厚：因为有机会，很好玩，做音乐和做演员其实很有相同的点，你可以去假扮一个人，可以换一种角度，换一种身份去解读生活，我觉得很有意思。

主持人：你觉得比较适合或者你渴望演什么角色？

秦昊：我想演冯远征在《不要和陌生人说话》里的角色。

张小厚：我演梅婷是吗？

秦昊：可以。反差比较大，觉得好酷。所以想要演一个坏人，我其实内心就是坏人。（笑）

主持人：你要演什么？

张小厚：我演厨师就好了……

两人：以后有什么合适的机会再看，角色和剧本比较重要。

好妹妹的歌听着舒服，是很多人对这个乐队的感觉，人们忽然发现两个干净的男生唱着时而怀旧、时而俗白的民谣，就把天下所有的情侣都唱成了失散多年的兄妹，好妹妹就这样渐渐流行了起来，成为各大音乐节的常客。

如今好妹妹在一场又一场的LIVE巡演中走遍了国内的许多城市，他们的音乐现场在音乐之外也有着更为吸引人的东西，秦昊和张小厚会在演出前认真地想如何实现最好的现场效果，他们说别人来看你的演出，看完觉得放松、有意思，就算是一场成功的演出了，如果还有一点感动，那就更加值得了。

回归音乐本身，那些生活里难过的、温暖的、期待的、有回想的情感都刻在了每一首歌里，生活变得更简单了。很多人说好妹妹的爆红不可复制，他们做独立音乐人，做自己的工作室，跑演出，做单曲，发专辑，吆喝自己的产品。不过在好妹妹的走红以及这一路越来越扎实的成长过程中，秦昊和张小厚两个人好像并没有费力讨好谁，只是这样蛮着，顺便就用音乐养活了自己。张小厚还是乐意继续做一个感性的胖子，他说做音乐就是好玩，如果做音乐成了负担，那最大的意义也已经不存在了。

第四说

李璐瑶南 & 胡懿勋：
城市需要什么样的艺术展

采访人物：李璐瑶南，策展人、画廊主。宁波修山文化传播有限公司负责人，经营宁波修山艺术中心10年，在青年艺术家签约、艺术展览方面有多年经验；

胡懿勋，上海大学美术学院副教授，曾经任职台北艺术杂志《典藏杂志》和画廊的艺术顾问。

访谈地点：城市艺术博览会

本期话题：如何把艺术带回家？

城市需要什么样的艺术展？我们要不要走出"美术馆崇拜"？如何做一个更适合当代的艺术空间？如何让大众接近艺术，更懂艺术，与艺术互动？从一场艺术与生活的对话开始，我们开始探讨城市与艺术的关系是什么，宁波的城市性格与这个展览如何产生联系。

　　读懂一座城像了解一个人，一个人有他独特的气质和性格以及谜一样的灵魂，走进一年一度的城市艺术博览会给了我这样的感觉。

　　不同于一般的艺术展览，"第二届城市艺术博览会"办在了南部商务区的一家酒店。酒店的五到九层，每一个酒店客房就是一个主题展示空间，将艺术美感与住家环境融合在一起，营造了一种高雅、别致、自然的家居氛围，给前来看展的人与众不同的艺术体验。

　　展览展出的油画、水彩、水墨、版画、陶瓷、现代装置、摄影及文创产品，来自中国大陆、台湾、日本、韩国、英国……世界各国和地区的艺术家们用浓烈的艺术热情，造就了四天精彩绝伦的艺术盛宴。"把艺术带回家"成为这次城市艺术博览会倡导的策展理念。

　　当我近距离观看这些艺术作品甚至买下一幅作品时，就仿佛与它开始了一场艺术与生活的私人对话。

艺术青年说：当艺术走进酒店

　　主持人：修山文化连续做了两届的城市艺术博览会，这一届与上一届最大的不同在哪里？

李璐瑶南：去年更多的是来自台湾和大陆的展商，今年延展到很多国家的参展商。这一次，我们想要把一种艺术方式和观念带给宁波，让宁波更有艺术气息。因为这种酒店型的展览方式，不会让观众觉得艺术品是摸不到、遥不可及的，其实艺术品就在我们生活当中。放到酒店会让观众觉得这个画挂在我们家也挺适合的，挂在床头也蛮好看的，其实就是这样一种概念。比如在马来西亚展厅看到的，我很喜欢他们家桌子上放的那些很抽象的，用铅笔画的一些草图。艺术家是一个建筑师，我特别喜欢。

并且我们把这些艺术品都做了标价，受众会发现，原来这些艺术品可以买，可以收藏。他们现在可能还是抱着一个逛博物馆，或者逛美术馆的心态，好像一幅画要好几千万、好几百万，其实真的不需要。这是一种观念，我觉得宁波离艺术开发还有一段很长的路要走。

主持人：我看到有很多独立的艺术工作室的创作主题比较独特，比如一家新加坡的当地画廊，夫妻俩从 2013 年就深入中国的无人区，去画那些藏羚羊来宣传对野生动物的关爱，类似的有很多的画作，都给我耳目一新的感觉。

李璐瑶南：是的，城市艺术博览会做的艺术都是很当代的。四十个房间，大概有来自十个国家和地区的展商：马来西亚、德国、新加坡、日本、俄罗斯都有。在艺术家的年龄方面，好像年纪最大的就是印尼的，今年也才 40 岁，城市艺术的历史没有想象的那么长，也许没有超过 50 年。其实很多人可能不知道，在东南亚的各国中，印尼的艺术专业排第一，菲律宾排第二，然后才到其他国家。带来的作品也非常不一样。

主持人：这样的形式比较特殊，这两届的城市艺术展都是在酒店里面办的，人们可能会好奇，为什么要把艺术展览放在酒店里面？

李璐瑶南：我想反采访一下你，看这个展览的感觉怎么样？（笑）

主持人：我感觉它做了很好的区隔，我可以很清楚地知道每个区域里的展品是什么。但是对我来说，空间有一点儿窄，这个是我觉得酒店的优势和它不足的地方。

李璐瑶南：嗯，酒店型艺术博览会和传统艺博会展出的方式有一点儿不一样，传统的艺博会展出很多很大的作品，我们酒店艺博会更倡导的是艺术品跟老百姓零距离。你去美术馆看展览会觉得，好像这个画就应该挂在美术馆里，但是你去酒店艺博会，你觉得我家里好像也可以这样挂。酒店更多的是一种情景的展示，因为酒店的客房更像一个家，而且我们合作的酒店都是品质非常高的，进去就有床、有沙发、有卫生间、有电视机，就像一个家一样，这样比较容易让人想到自己家里也可以这样来装饰。酒店艺博会其实是在倡导一种生活方式。

主持人：就是把艺术跟家居更好地融合，跟生活更好地融合，对吗？

李璐瑶南：对，零距离。我觉得特别是在宁波，对很多老百姓来说，如果身边没有从事艺术的人，可能这辈子就很难接触到跟艺术有关的东西。这样的活动拉近了艺术与老百姓的距离，让他觉得了解从事艺术的人，了解更多的艺术品，是非常有意思的一件事情。

主持人：好像上海有过类似的展览模式，不知道它最早的起源是什么时候？

胡懿勋：大概是 2009 年，我知道日本最早，在东京，然后香港、台湾，上海是 2012 年开始办的。日本人这样做，其实是把艺术的严肃性给压低了，我们去看美术馆，看博物馆，进画廊，都非常高大上，一进去大家觉得太严肃了，就是白墙上挂画。日本人考虑把艺术展放在酒店里，其实一开始是从当代艺术的角度考虑的，因为有些东西其实更接近我们个人对于生活和情感的思考，艺术只是诱发的东西而已，它不仅仅只是审美。人在这样一个空间里面，会触动他的一些情感、想象和思考。台湾这么办的理由是台湾的空间都小，办这样小巧的东西更精致，台湾的市场一直在讲小而美、小而精。2012 年，这种策展方式引进到上海以后就引起了轰动，大家觉得在酒店里有艺术品的展览特别新鲜。去年在宁波办的时候，造成的轰动效应也非常大。开幕时候场面非常热闹，而且宁波的展览十点钟结束，在上海七点钟就结束了，从这里可以看到城市的生活习惯不一样，还有观众对于艺术活动的期待有很大不同。这种酒店型的博览会发展的时间其实不算太久，它很符合市场的趋势跟规律，我们更希望在酒店型的博览会上培育一些欣赏艺术的人，一些入门的人。宁波主办方做了好多工作，在地铁站、公交车站做了好多活动，这其实更像是城市的艺术活动。

采访：这个酒店艺术展给你什么感觉？

观众：我觉得还是挺不错的，整个环境都挺合适。原来可能会觉得在酒店里办的话，整个展览会比较静。后来感觉还是挺合适的。

观众：从艺术角度来说它体现了一种风格，每个人的艺术观点不同，体现的东西就不一样。

观众：很特别，在每个房间里看，一个一个房间地走，第一次感觉到不同。

主持人：大家来看这个展览时，很多一开始带着猎奇的心理，因为没有见过这样的展出空间。但是不是真的能够让每个人接受呢？因为我在看展的时候听很多人说看不懂这些展品，虽然我们在引导他们用这样的方式来进入艺术。

李璐瑶南：我觉得这个还是要看个人，首先从他是不是喜欢这一块，有没有这方面的需求出发，这跟他的物质基础也是有关系的。我在宁波开画廊快12年了，还是有很多人来问我，说前几年没有这方面想法，现在慢慢地跟外面接触，觉得家里需要有艺术品的装点，但是找不到购买的地方，于是来问我买画去哪里买。我说你来艺博会，全世界各地的展商和画廊都过来，艺博会是一个买方市场，你可以随便挑。相比传统的艺博会我们酒店艺博会对展商有一个价格的限定，比较亲民，一般白领都能接受这个价格。我们也有些2元的明信片，好便宜，100元左右的也有，我看了展场，最贵就是十几万，但是更多展品价格是在5000—30000元之间，我觉得是一般人都能接受的。

　　胡懿勋：来参观的人应该更轻松一点，不像进美术馆那么严肃，这是我们最想营造的气氛。在这个轻松的过程当中，不知道你有没有发现，我们这些画廊的老板都很热情，会给你介绍这些艺术家，说故事给你听。当然我们知道这中间有一个培育的过程，经过两年的时间，我们希望在第三年能看到宁波的观众更活泼，不会害羞，不会腼腆，不会看不懂也不好意思问。通过各种各样的机会，比如今天这样的采访机会，我们希望能够传达这个意思。我举一个好的现象，去年我看到很多小朋友在跑来跑去，今年没有了，这是一个进步。换句话说，家长即使带小朋友来体验，他也知道这种场合的尺度，可以更好地融入。我们这些热情的画廊老板们给观众提供了跟在美术馆完全不一样的感受，我们愿意介绍，像那天我还在布展，老板们就很热心地向我介绍，其实我很清楚，但是他把我当成客人，就会很主动地介绍，让我完全地理解，然后还特别说，没关系你可以摸摸看，你可以感受一下。

李璐瑶南： 带给更多的老百姓不同的体验。我们去年有台湾展商跟我讲，李小姐你组织得很好，很多人来看，但是我发现宁波有很多老百姓，连国画、油画、水彩都分不清楚。我也跟他开玩笑，我说对啊，所以请你们来就是给我们扫盲的，你们培育种子，后年、再后年来你们就可以有收获了。我也希望有老百姓通过艺博会更多地与艺术交流、与展商交流，这可以说是非常利民的一件事情。

胡懿勋： 你先看一看，最后看完喜欢的话我可以跟你讲，买一张送你一张，你自己去感受，其实画也不一定想要表现什么。酒店的房间是家庭各个地方的缩影，现在要做的是怎么让家庭开始习惯打造自己家庭的文化中心，去打造自己工作场域的文化中心，开始培养下一代对美的感受。

李璐瑶南： 我不知道你有没有去过美术馆，我相信你去美术馆看一个展览，可能进去不懂，出来还是一样，因为没有人给你介绍，介绍是一个非常重要的环节。一幅作品有介绍跟没有介绍，观众能进入的感觉深度就不一样。有介绍，就像有个人给了你一把钥匙，你可以打开这个艺术家的心门，可以看到他想表达的东西，当你有了了解以后，就会对这个东西产生不一样的感情。

胡懿勋：观众进了美术馆，除了跟作品产生互动之外，更重要的是大家处在这个气氛里面，如果很喜欢，想多了解的话，就愿意交流。

主持人：我觉得把人跟艺术的距离变成人与人之间的交流，可以很好地进入艺术家和艺术，像刚才我进入一个房间，它挂的是朱德群先生的版画，那个参展商告诉我说这个版画的历史是怎么样的，朱先生的版画有什么特点，就觉得很亲切。

胡懿勋：对，我们的展商有一个分寸的拿捏，最重要的一点，就是不要打扰观众的参观，不要像百货公司卖衣服那样盯着他们，那其实是很不好的体验，静静地参观是他们最期待的，因为艺术品本来就需要沉淀。如果说观众觉得需要进一步了解，大方地问，尽情地去开口，不需要感到不好意思或者害羞，因为很多人看不懂。我的想法就是，其实你应该是看得懂的，如果说看不懂的话，表示那件作品跟你是有距离的，他们又把艺术当作太严肃的东西。我曾经写过一篇文章《当代艺术看不懂，没关系》，你在讨论当代艺术、你在看当代艺术，阅读当代艺术的时候，看不懂千万不要气馁，也千万不要灰心，因为有非常多的创作者是抵死不让你懂，他们做出这件作品出来也没有想要让你懂，因为这是他们个人的东西，除非你很了解他们，他们有恋母情结、他们有恋物癖会体现在他们的作品里面，可是那是密码，你不懂是应该的，甚至连他们的枕边人都不见得能够了解这件事情。所以一般的观众如果不懂的话不是你的错，也不是你没有学问、没有知识、没有文化，是作者满足了他自己创作的欲望，作者丢了一个问题出来，所以你如果说这是答案的话你就想错了。

主持人：所以我在想，如果把这样一幅小画放在这样的空间里，是不是可以更好地走进它。你们有意建立这样一种渠道，大家觉得可以不看懂，但是挂在那边很好看，很想去看就很好。

胡懿勋：它的触动性是很强，因为我们每个人的生活背景、知识背景和文化背景都不一样，并且我们看这一件东西可能会产生不一样的观想，所以它的空间非常大。一件艺术品放到你家的客厅，放到你家的院子，跟摆我家的阁楼里面，它所代表的意义跟整个气氛烘托出来的内容是完全不同的。

主持人：一个城市的艺术展可能会带有自己的一些特色，宁波的这个城市性格和这个展览之间会有什么样的联系吗？

李璐瑶南：宁波的这种城市艺术博览会很适合做成酒店型艺术博览会。去年办展之前我压力非常大，因为我身边所有朋友都觉得在宁波办艺术博览会蛮冒险的，没人来看。我还是顶着很大压力来办。

主持人：这个原因在哪里？

李璐瑶南：因为宁波人还是挺商业的，他们更多关注的点在怎么样做生意、办企业，怎么样创业，角度比较宽，内心还是没有安全感。这两年好一点儿，慢下来，会去关照自己的内心。欣赏艺术其实需要静下心来，需要有时间，也需要有一定的物质基础，宁波还是刚刚起步，我经常跟展商说你们一定要来宁波，宁波是一块处女地，希望大家来开发。我是希望他们能够更多地来宁波参展，这样的展是很美好的。

这个展靠我一个人的力量是做不起来的，有上海城市艺术博览会对我们的支持，包括沙龙，还有那么多的嘉宾和志愿者。我们去年招志愿者的时候特别好玩，我们跟宁波大学发了一个邀请，说要在宁波做一个艺术博览会，想邀请青年志愿者参加，你知道报名的有多少吗？200多个。我当时说招20个，报了200多个，后来我去面试的时候好感动，大家都很好，挑了45个，完全超出原先的名额，今年又招了60多个。给学生们多一些跟艺术形式和社会的接触，他们也会开心。我问他们，你们觉得来参加这样的艺博会做志愿者好不好？他们说好啊好啊。我说明年如果我们还办，你们还来不来？他们说来来来，都要来。因为宁波像这样的活动太少了，我倒希望多一点。大家有这样的习惯，办起来发现其实不是因为宁波没有人喜欢艺术，而是因为没有好的活动，当有好的活动展现在大家面前的时候，真是人山人海。有朋友跟我说，他每次带他宝宝看展，都是去上海。我现在告诉大家，你在宁波就可以看这样的展览，那不是更好吗？

主持人：胡老师觉得宁波这样的中型城市，需要什么样的展览类型？

　　胡懿勋：我刚才在心里面想，宁波有钱人很多，宁波不缺有钱人，而且年轻人喜欢创业，在这样一个基础上宁波的艺术活动就少了。

　　李璐瑶南：相对来说比杭州、上海少很多。

　　胡懿勋：我带我的研究生在这边观察，开幕那天我问一个学生，我说你有没有看到奇装异服的人？他说没有。

　　主持人：比较正经。（笑）

　　胡懿勋：对，为什么？你刚刚那个问题正好回应这个问题，来看展的人很害羞、很腼腆，有一点儿不好意思，他们不好意思问，他们还是有一点儿紧张，没有真的放松。我这样的油条来看的话，跟人就聊开了，你是什么人啊，有什么东西啊，这样的话，当然我的货也会更多一点儿。慢慢地，透过你们这样的引导和宣传，尤其修山在处理艺术博览会的时候更希望达到城市文化活动的水准，这个用心是难能可贵的。所以给这个发达的城市提供好的文化活动和艺术的内容，有了这个发达的基础，我们对活动的态度是很乐观的。

第五说

午歌：
人生就是"一个故事"

采访人物：午歌，80后作家，身高1米88，是一位机械高级工程师，也是一位作家。主要作品：《晚安，我亲爱的人》《晚安，我亲爱的孤独》。午歌笔下的故事元气满满，三分搞笑、三分毒舌、四分无厘头，最终却归结于满满的感动，堪称"文学界的周星驰"。他也因此成为国内外小说畅销榜的宠儿。2016年1月，午歌联合音乐人卢庚戌创作小说《一生有你》，同名电影计划今年上映。

访谈地点：电台直播室

本期话题：如何在畅销书的时代谈情说爱？

"畅销书作者"午歌如何看待当今的"畅销书"现象？很俗套的故事为什么反而最能打动人？什么是午歌笔下"最好的爱情"？为什么说《一生有你》就是一个"理工男"的爱情世界？

扫码收听本期节目

午歌说，作家的好处在于"读者看不到你，你可以装得很帅、很萌、很清纯"。

和午歌做这期采访的时候，他刚做完自己在 2016 年的最后一期电台节目。是的，2016 年，他在电台有了一档节目，对话和推荐各地的畅销书作者。午歌的新书《一生有你》也在年末登上当当网小说类新书畅销榜，这是他与音乐人卢庚戌的初次合作，故事改编自"水木年华"时期的校园故事。

小说《一生有你》讲述了大四男生欧阳在一次大一迎新的时候遇到了女生方瑶，一见钟情，追求着这个心中的梦想的故事。直到如今，《一生有你》这首歌仍然被一代人的青春铭记着，它属于唱歌的人，也属于听它的人。午歌说，如果你的青春记忆里有过这样的旋律，那么下面的故事你一定会有兴趣知道，因为小说就关于这首歌的始末……

艺术青年说：人生就是"一个故事"

主持人： 小说《一生有你》讲的是青春和爱情，现在让你写那些青春文学，你还能找到那种感觉吗？

午歌：如果认定小说是要写给大学生看的，那你就去研究他们的心理状态，不要给自己设门槛。我为了写这个小说把《灌篮高手》重新看了一遍，就是让自己回到做学生的那个状态，我看得热泪盈眶，我觉得我差不多已经能回来了……

主持人：如何让现在的 90 后去喜欢一个"上一代"的青春故事？

午歌：首先他看不到你，你可以装得很帅、很萌、很清纯，你把自己掩饰在文字后，这是一个作者的好处。比如你叫午歌，大家会觉得这是一个阳光大帅哥，但是看到本人发现是一个"大爷"。据我所知，有一个很知名的畅销书作家刘同，他给自己的文字定位在 15 岁，他经常会看这些学生喜欢看的东西，研究他们的关注点，他还有一些关键词卡片，写到自己的记事本上，当他写作的时候就拿这些卡片上的关键词出来组合成文章或者组合成热点。这是要做功课的。功课做得非常好的一个人就是咪蒙，其实咪蒙是 70 后的作者。

主持人：你怎么看如今的"畅销书"现象？

午歌：现在只要你写得好，就会有很多的发声机会。但是因为写的人太多了，畅销书作家的文字会让人觉得很流俗，没有什么营养成分，口水文字心灵鸡汤，消解了文学性。很多人兼职写作，就像我现在也是兼职在写，书卖得好很大程度是幸运，实际上在做好一份工作的同时去读书、写作、思考，非常不容易，基本上畅销书作家的睡眠都是不足的，基本是在抢抢抢、写写写的状态，就是在抢时间。

主持人： 这本小说是来自于水木年华那首经典的《一生有你》？

午歌： 是，这本书的男主角其实就是水木年华的主唱卢庚戌，主要是他的故事，所以男主角必须是他和他的女神，其他的导演没有讲，说你放手去做好了，我想男二号就是我好了，形象上也和我很接近，做人比较浮皮潦草，比较喜欢油嘴滑舌，不务实，跟我大学时候的状态也很像。女二号就是我当年喜欢的类型，或者以我太太为原型。因为我跟我太太也是大学同学，虽然我们大学没谈恋爱，但是我们确实是大学同学，我就按照她的样子刻画了这个女二号，她是一个女汉子，特别好玩，特别生动，所以里面掺杂了很多我的故事和当年睡在我上铺、下铺、左铺和右铺兄弟的故事。

主持人： 这个故事写的是 20 世纪 90 年代的大学生活，那种"年代感"会成为你写作的一个障碍吗？

午歌： 我还是做了一些功课，比如我查 70 后的人谈恋爱的时候他们会听谁的歌，他们用什么方式来写，因为这个故事写的就是 20 世纪 90 年代的大学生，其实就是 70 后的这些大学生，他们在清华大学的时候如何追逐梦想、如何追求爱情的故事。刚开始写的时候还是有点儿差劲的，我总觉得好像是在复述一个故事，不是自己的故事，但是写着写着就会很好。我记得有一次写的时候觉得故事中的女主角的形象特别立体、特别丰满，我甚至在写作的时候抬起头就能感觉到她站在门口看着我，那种长发飘飘的感觉，忽然就有了。那天我还写了一段微博，我在微博上说早知道写作能够这样穿越时空给人带来巨大的丰富的精神体验的话，何必要谈恋爱结婚呢？然后这个微博就被太太骂了一顿。

> 欧阳、王小川、马驰，顺着孟一菲手指的方向望出去，只见一个身材高挑的长发女孩穿着一袭白裙，斜挎着一只靛蓝色的帆布包，正缓缓地从同学中走过。北京的初秋天空蓝激得仿佛刚刚进行过格式化，欧阳坐在路边的树荫下眺望远方，只见那姑娘步履轻盈，像一枚滑入蓝色海底的冰块，在阳光下闪闪发亮。
>
> ——《一生有你》

午歌：之前犹豫过，觉得一个80后写70后的爱情故事会不会不到位，或者会不会不感动，但其实爱情是共通的，就是那一瞬间的怦然心动。就像这本书一样，他在下雨天去接新生，结果发现一个长发飘飘的女孩从面前走过，在那一刻他就心生好感，后来他不断地和这个女生接触，被她的才华、被她的人品一次次感动。这个过程是没有年代感的，时代进步了，可能玩的东西不一样，比如我去清华，清华的学生跟我讲他们现在如何用高科技来追求女生，但是往前推进二十年，在当年那些高科技，比如说组装一些无线电设备追求女生，这也是能够实现的，只不过它的外包装不一样，但内核是一模一样的。

主持人：我们总说故事越精彩越好，但是回过头来想，是不是很俗套的故事也能够很打动人？

午歌：这个问题非常好，我之前基本都是写虚构故事的，甚至有一点小骄傲，觉得虚构出来的东西一定会很棒，会超过现实中的这些故事。后来有一天一个跟我一起做活动的女孩说，我想跟你讲一个真实的故事，我自己的故事，有一句话叫"真实的故事自有万钧之力"，它在不讲逻辑的情况下就能打动你，比如她跟我讲她跟她男朋友是在一个夜宵排档上认识的，当时有一大群男生，她就看了那个男孩一眼，那个男孩绝对不帅，但是她看了他一眼就觉得以后要跟他在一起。这种东西在虚构的时候你是不敢想的，你会觉得这超越现实了，这是假的。包括卢庚戌老师本人，其实《一生有你》这首歌也是写给他大学的时候特别喜欢的女孩的，后来那个女孩没有跟他走到一起，但他由此走上了音乐之路，这段爱情可能也成为他的人生梦想。这个故事确实很俗套，但是你会觉得俗套得很真诚。我想起科恩的一首短诗，他说万物皆有裂痕，那是光照进来的方向。

就拿我自己来举例，这是真实的故事，不是虚构的，比如我大学的时候喜欢一个女孩，跟她谈了将近四年的恋爱，毕业的时候跟她一起来到她的家乡，后来跟这个女孩分手了，我一度觉得这是我人生的遗憾，但是很多年后回过头来再看，虽然跟她分手了，但是我来到她的家乡，我把她家乡很多的爱情故事写成了小说，然后做成了书，甚至即将被拍成电影。

主持人：所以我在揣测小说最后欧阳和方瑶他们相遇，这个真实的桥段是不是就发生在宁波？

午歌：对，是的，当时是我们宁波很有名的一个主持人，现在是宁波很有名的一个舞台剧的导演求婚，在一个公众场所，我们很多人见证了那一刻，那个故事很打动我，我当时就想我以后写故事要把他们求婚的方式融合进去。后来导演跟我聊这个剧本的时候写了几稿，导演都觉得不满意，有一天我忽然跟他讲，我说给你讲一个真实的故事，我朋友怎么求婚的，导演当时就觉得太棒了，非常满意。

音乐响起，老年合唱队的校友们齐声唱欧阳的《一生有你》，乐声中一位白发苍苍的校友颤巍巍地走出队列，走到麦克风旁，"是欧阳的声音吗？"台下的青年学生们连连惊呼起来，而舞台中央的老者依然双目低垂。间奏的声音渐渐变小，他用低沉的声音缓缓地说，"年

　　轻的时候我在这个舞台上曾经喜欢过一个女孩，可当时没有勇气向她说出来，一直到满头白发的时候才明白她是我这一生最重要的人，如果我能再遇到她，我一定会跟她说，我有两次生命，一次是出生，一次是遇见你，我爱这个世界，因为我爱你。"

——《一生有你》

　　午歌："一生有你"就是当一生将走到尽头，我心里还有你。那样的情景再现出来之后，导演非常满意，不过我要卖一个关子，电影可能会和这个有一定的差异，不一定按照我们这个套路来。但小说是我做的，我肯定有话语权，因为写这本小说的时间还是蛮短的。

　　主持人：说说这次跟民谣音乐人卢庚戌的合作吧，在小说创作上，他有给你更多自由吗？

　　午歌：对，其实当时我和他还不是太熟，大家只是见过几次，在一起聊创作，这本书出来之后我们两个一起去签售，经常会一块玩儿，或者一起赶车，从 A 地到 B 地我们俩会在车上交流很长一段时间，俩人就更熟悉。如果现在让我来写，我可能会写得更好一点。

　　主持人：为什么在这个时候，在水木年华这个组合过去了这么多年之后，卢庚戌要把他的往事推向大银幕？

午歌：很多年来别人跟他讲，说你为什么不把大学时候的故事写出来？但是当时写出来的故事可能有一个类似"卢庚戌的爱情故事"的题目，或者说是一个名字很普通的爱情故事，这是一点。另外他真的想做这件事，而且为了拍这部《一生有你》成立了自己的电影公司。先制作了一部电影《怒放之青春再见》，这部电影拍得很不错，我推荐大家去看一看。这两年特别流行用一首歌曲带动一部电影，比如《栀子花开》《睡在我上铺的兄弟》《同桌的你》都是这样，他想干脆我这部电影就叫《一生有你》，因为有这歌，他才走上音乐之路的。

主持人：如果这个故事是真的，是不是跟你小说里写的一样，卢庚戌真的是留了一级？

午歌：他没有拿到毕业证。（笑）

主持人：真的吗？

午歌：其实是他拿到了毕业证，李健和缪杰被停发毕业证，高晓松直接被学校开了，或者叫肄业。他们是有氛围的。卢庚戌到学校的时候发现女生很少，他想谈恋爱，但是谈不上。有师兄让他弹琴，吉他一出姑娘全扑，你只要一弹吉他，女孩肯定来找你。于是他就弹吉他，然后有人带他，比如郁冬和高晓松跟他讲，你要失恋，你只有失恋才能写出好歌，高晓松说他失恋写出了《同桌的你》，郁冬失恋写出了《虎口脱险》，只有失恋了才能写出好的歌来。

　　主持人：近几年我们很少听到水木年华的新歌了，这个小说，包括即将开始的电影，会让我觉得这是他们重回青春的一次尝试。私下里他有透露过新专辑的想法吗？

　　午歌：有的，但是他们以水木年华这个组合来做音乐的可能性不是太大。我可以爆一个小小的料，卢庚戌老师在筹备自己的新专辑，我听了小样，先不管他嗓音如何，这个歌的编曲真的非常非常厉害，作词更厉害，歌词都脱胎于经典的诗歌，碰撞出的火花给我的冲击非常棒，当然我的鉴赏水平还是业余的。当时我们做一个活动，他在大巴上放歌给我听，我旁边一个做音乐的人眼前一亮，觉得能做出这样的专辑实在非常厉害。但是这张专辑现在还没有推出来，我不知道他是不是在等一个合适的契机，其实卢庚戌老师还是要做音乐的。

　　主持人：我曾经在一个微信公众号上看过你写的一篇文章，叫作《我们这个时代的怕和爱》。你和卢庚戌导演算是两代人，你在写他的故事的时候，能真正了解那一代人的情感观吗？换句话说，这十年，我们这个时代的爱与怕发生了什么变化？

　　午歌：我们俩的共鸣是比较多的，大家似乎能感觉到我们时代的发展是在 2000 年，2010 年之后忽然加速。之前我们俩在很大程度上都差不多，理工男不务正业地搞了文艺，所以在人生梦想上面我们有很多很多共同点。卢庚戌跟我讲过一个故事，他说他是一个特别耿直的人，一直追一个女孩，追不上，那个女孩是诗社的，他也去写诗。他们两个互相交换诗，好不容易建立起一点儿好感，她问他你读谁的诗，他说我读海子的诗，我读顾城的诗，我读兰波的诗，生活在别处。他问那个女生喜欢谁的诗，那个女生说我喜欢汪国真的诗，既然选择了远方就不顾风雨兼程。然后他说他从此再也不找那个女生了。所以我觉得他很固执，我们现在可能不会因为喜欢听谁的歌分道扬镳。我喜欢听周杰伦，你喜欢听谁？我喜欢听陈奕迅，哦，好，我们不是一路人，就分开。他们的差距真的很大，而且又很耿直，会为了精神、理想做很疯狂的事。

> 方瑶莞尔一笑，从包里掏出一本拜伦诗集，掀开扉页，露出一行娟秀的字迹，假若他日相逢，我将何以贺你？以眼泪，以沉默。方瑶见欧阳看得出神，便将书推到他面前，此刻欧阳极力回忆着班长郝冰书架上那些英国文学书籍，心想着要是这时候我能说一句济慈、雪莱、华兹华斯那些诗人的名句，在方瑶面前显摆一下该有多好啊。搜索库查了半天，话到嘴边，欧阳却收住了，只是腼腆地说了一句："真好。这本书我已经看完了，你喜欢你就拿去看吧。"
>
> ——《一生有你》

主持人：其实午歌的文字挺深沉的，我发现你写的和你想写的风格好像也不太一样。

午歌：其实也有写，但是出版社说你暂时先不要发，和你的风格有冲突，可能会遇到转型的问题。但也并不是说所有的作家都是随着自己年龄的增长越写越深沉，其实作家可以永远保持一种姿态，比如两个特别明显的人，一个是村上春树，他永远写有小资倾向的不着边际的男青年的爱情故事，还有一个是杜拉斯，杜拉斯永远只写自己的爱情故事，她把自己的爱情故事翻着写，写完一遍觉得不过瘾换个角度再写。我觉得这样的作家也很棒，到后来写作就成了一种能力，一种匠人的态度。

主持人：写作上有想过做一个转型吗？

午歌：有，所以要先找到状态。但是有的时候是有挑战的，我有一个作家朋友跟我讲，你要尝试写一些小孩谈恋爱的故事，比如初中生谈恋爱的故事，高中生谈恋爱的故事，不要老写大学生或者已经工作的人的。我灵机一动就写了一个小学生谈恋爱的故事，写完以后我觉得还蛮好玩的。这也是当一个作者比较好玩的一件事，你可以把你的年龄藏在文字背后。我现在想写一本科幻书，当然这本科幻书里面会包括爱情和亲情。总的来说还是以写情为主，但是会放在一个科幻的外壳里，我目前正在做这件事。

主持人：明年有什么电影或者写作计划吗？

午歌：明年可能会和意大利的团队合作一部武侠电影。资方是意大利的。这个武侠人物和当年在上海的一个巡捕是把兄弟，现在这个巡捕的孙子在意大利开电影公司，他想拍摄他爷爷的故事。另外可能会做一个宁波本土化的微电影，有人找到我，说他想把他家里的故事拍出来。还有梁祝的故事，在和一个好莱坞的团队谈，如果能做成的话这是非常棒的一件事。

午歌说记录青春需要真诚的态度，因为那对于曾经的我们而言是梦，对于现在它是追逐，而对于未来那是回忆。但愿这个《一生有你》的故事能陪你度过漫长岁月，数尽平淡流年。

第六说

卢庚戌：
我的生命不过是温柔的疯狂

采访人物：卢庚戌，毕业于清华大学建筑系，中国流行男歌手，创作歌唱组合水木年华的主唱，民谣才子。代表作品有《蝴蝶花》《一生有你》《在他乡》《完美世界》等。

访谈地点：书店

本期话题：这个时代，我们需要什么样的音乐？

走过了水木年华的民谣年代，现在的卢庚戌逆势而行，在不需要诗歌的时代，做了一张诗意的专辑。在这样的时代，我们需要什么样的音乐？《一生有你》之后，什么是他想要留下的经典？卢庚戌怎么看待艺术性与大众流行？从音乐《一生有你》到电影《一生有你》，卢庚戌如何讲述他的青春？

　　卢庚戌几乎代表了曾经唱着《一生有你》的"水木年华"，作为这支民谣乐队的主唱，他好像在歌里告别了自己的青春。许久未见，最近关于卢庚戌的消息似乎又多了起来，有他的电影，也有他的音乐。电影《一生有你》正在筹备开拍（2018 年正式上映），这是卢庚戌自己执导的作品，他说前一晚还在杭州讨论电影的事。还有即将发行的个人专辑，这是卢庚戌首次以独立民谣的方式发表个人音乐作品，专辑的名字叫《我的生命不过是温柔的疯狂》，这是诗人兰波的一首诗。有一首歌名叫《我们生来就是孤独》，一股昂贵的诗意扑面而来。

　　他像一个声音沙哑的游吟诗人，站在荒芜的世界背面，唱着像童话一般的梦境，遥远的天际，无边的荒草，好像在解释歌的浪漫与诗的深刻。

　　见面的那一天，宁波还有一点儿冷，他裹了一件羽绒服进来，我们约在一个商圈的书吧里做了这次采访。刚一坐下，卢庚戌就让我听了新专辑里的一首歌《大鱼》，和卢庚戌的对话就从他的这首歌开始。

艺术青年说：卢庚戌——那些关于生命的吟唱

主持人：校园民谣的时代已经过去几十年了，现在你的歌里还有那些青春的样子吗?

卢庚戌：我现在写的这些作品，一看就知道这是通过阅读或者思考写出来的东西，而不是因为"爱一个姑娘"写出来的，你一看就知道。

主持人：最终还是回归自己了?！

卢庚戌：对，因为人最终是要自己和自己对话。

主持人：《时间的玫瑰》这首歌，似乎也是北岛的一首诗。

卢庚戌：对，那首诗写得太棒了。

主持人：当年是不是朦胧派对你们影响特别大?

卢庚戌：对，顾城、海子，特别大，写诗也是为了追姑娘，还没发表呢。

主持人：我觉得唱《一生有你》那个年代，还是在浪漫地憧憬，勇敢地追求，但在这个专辑里，我好像听到了"宿命"，不知道这感觉对不对?

卢庚戌：对。这跟我现在想的，看的书和思考的内容都是吻合的。

主持人：你现在看的什么书？

卢庚戌：现在就看一看北岛写的书，包括他写的散文，还有莱昂纳德·柯恩和鲍勃·迪伦的传记，文学传记之类。

主持人：还是在怀旧……

卢庚戌：也不是吧，像北岛的诗，这些诗歌也不怀旧，经典的魅力就在于它不会随着时间的改变而改变。

主持人：正因为他们的作品中有些东西还是你一直向往的，或者觉得应该追求的吗？

卢庚戌：对。我追求的东西跟校园、伤感、青春的关系不是很大，我一直在做很多这样的东西。但是之前的东西出来，别人就总说你是校园。其实我想一想，也不能怪他们，尽管有一些变化，但是本质上我的那些旋律是优美的，音乐有一种比较向上的、正能量的忧伤。我还是写这种美好的东西，无论音乐改变了多少，大家还是觉得这个东西是校园的。这个东西出来，大家一听这个音乐，自然就觉得它不是校园的，这个东西也恰恰是我现在想要做的。我唱的跟以前也不一样了，有了厚度。如果从悦耳的程度来讲，这些旋律没有我之前写的旋律悦耳。我在去旋律化，刻意去掉那些流行的旋律。但是这些东西有很强的艺术性，在民谣中它的水准是最高的，无论是作词、作曲、编曲还是演唱，都是最高的，真的。这些东西是在我心情极为平静的时候、寻找内心的时候才能写出来，否则写不出来。这个 MV 就花了好多钱。

主持人：听说 MV 也是自编自导的？

卢庚戌：对，我一直对影像很有感觉，我本来是学画画的，专业是建筑系嘛……

同样是来自专辑里的一首歌《致爱人》，改编自美国诗人玛丽·伊丽莎白·弗莱的诗——《别站在我的坟前哭泣》，卢庚戌把 MV 的拍摄地选在了灵魂国度爱尔兰。风笛和海浪声响起，他抱着一把木吉他，站在都柏林的街边公园，在十字架下向着爱人表达山盟海誓，在欧洲最高的墓和悬崖边低吟浅唱。一个一袭长裙的女人走向海边沙滩，卢庚戌说那是他的妻子张辛怡，一生悠扬、时光飘远，镜头就这样陪伴着，在黑白的色调下记录下了早晨的宁静和优美的急流。

主持人：这张专辑风格好像不同于校园民谣的那种明媚，似乎唱腔有了不同？

卢庚戌：对，比如你听到的那个低音是一个气泡音，这个气泡音往下勾，特别低，让整个声音流动起来，特意在我的中低音区下，因为这个音区特别适合诉说，它特别适合吟唱。

主持人：但这种唱法似乎不容易流行，因为听起来像是一种特别内心的旋律，但又是去旋律化的，你有想过会有那么一两首成为像《一生有你》的经典吗？

卢庚戌：我觉得这里面我的这些作品还是挺经典的，但是它们能不能成为《一生有你》那样所谓被大众认可的经典，这个我不知道。但是我对这批作品还是有自信的。可能会慢慢地被大众知道，他们也会喜欢这样的东西吧。说句实话，我没想过流行度，现在做音乐都是为自己做，但是还是有一些愿意跟你共鸣的人。好几个人说听完《致爱人》以后泪流满面，一遍就记住旋律了。

这种音乐它有一个好处，它不需要打动所有的人，打动一部分的人就会带动一个东西，我们可以看到像鲍勃·迪伦那样的音乐流传下来了。所以这个东西很难说。但是作为一个创作者，千万不能想要这个东西被大众认知，想让它流行，这个念头是不能有的。因为一旦有这个念头的话，创作就不纯粹了，一旦不纯粹就很难写出真正纯粹的东西。我在写这首歌的时候，其实，是在去旋律化，刻意去掉那些流行的旋律。说句实话，你只有把世俗的、流行的旋律去掉，你才能真正让旋律抵达你灵魂的最深处。

主持人：嗯，但我相信唱《一生有你》的那个时候，应该就没那么自我了，肯定是有一点小心思的。

卢庚戌：特别有心思，当时就想写一首让女孩一听就感动的歌。我就想女孩喜欢什么呢？每个女人都会想，如果她老了会怎么样。我看叶芝《当你老了》这首诗的时候，觉得这个点挺好的，我就写这个，女生肯定会被打动，然后就写，就打动了。当时的想法确实有很强的企图心，确实也做到了。

主持人：但现在这张专辑，似乎是在抵触流行音乐里面的一些东西，故意去流行化了？

卢庚戌：其实没有，我现在要做的就是在我的感觉中做到最好，有一些人他真的是能够听懂，比如《王者、庄周、蝴蝶》这首歌反响还挺好的，什么是生？什么是死？

主持人：就像听这首《大鱼》给我的感觉，一种梦幻感。

卢庚戌：这首《大鱼》的灵感来自于蒂姆·波顿的电影，主人公幻想自己变成一条大鱼游向远方，所以我就在歌词里写"在柔软的梦里，我渴望着老去，在生命的最后，化作一条大鱼"，我在平时但凡有一点儿不静就写不出来这个东西，我就想"我什么时候写出来的歌词"？那是我自己写的，在那个感觉下我才能写出这个东西。现在很多人说我的声音好听，以前是没有的，真的，以前就说唱得很好。

其实声音是什么？就是特别静的时候去找那个音，去找特别低的那个声音，才会出现那种发自灵魂的声音。你只有特别安静的时候才能真正练成。

主持人：发自内心的声音？

卢庚戌：对。

主持人：说说你的那些朋友……现在高晓松成了综艺节目的常客，李健也上过《我是歌手》，在如今这么火的明星综艺环境中，你好像一直是缺席的？

卢庚戌：没有，主要是人家没有邀请我。（笑）是，上节目对事业很有帮助，我也觉得挺好。

主持人：你觉得这个娱乐时代，对于真正想做音乐的人和真正的音乐性是一种帮助还是一种消解？

卢庚戌：现在的音乐要是不通过这种选秀或者这种真人秀，就很难让大众知道，很多好的作品都是通过这些真人秀才被发掘出来的，这也是这个时代的悲哀，但真人秀对音乐肯定有促进作用。

主持人：你自己看那些节目吗？

卢庚戌：看啊，我也不能与世隔绝啊。

主持人：你抱着一个什么态度去看的？

卢庚戌：旁观者，好玩。这歌我怎么唱会有代入感？毕竟我唱得也很好。

主持人：今年你的电影《一生有你》正式立项开拍，听说你还邀请了李健和缪杰加盟。在电影《一生有你》之前你也拍过一部青春电影，叫《怒放之青春再见》，拉上了圈中好友秦昊和王啸坤来演，似乎是有意转型做电影了？

卢庚戌：没有没有，完全没有。高晓松早就做导演了，他2000年就做导演了，我要做的话我早做了。我就觉得我该做这个事，想表达一下。

主持人：对你来说从唱歌到电影的转型难吗？

卢庚戌：不难，因为已经有了建筑师转歌手的经历，这很难。（笑）但是我做成了，我在做其他事情的时候觉得再难也难不过这个。

主持人：但是电影的话可能没有那么私人了。

卢庚戌：对，我觉得我这点儿还好，我是比较善于跟别人沟通的。

主持人：那你现在喜欢听什么样的音乐呢？

卢庚戌：我给你放一个，我给你放一个特别喜欢的。特别喜欢这首歌，《Falling Slowly》。

主持人：这首歌我听过。

卢庚戌：写得太好了。

　　见到卢庚戌之前我想了很多问题，试图去问清楚其中的答案。但我最终发现是我过于复杂了，卢庚戌却比我想象的简单太多。我问卢庚戌，为什么要唱这些注定小众的音乐，他说是想留下点什么，想让它成为最好的民谣，这基本上就表达了无怨无悔。也许是因为真正热爱，才不会这样随便地对待。
　　我的生命不过是温柔的疯狂，他用专辑的名称告诉你，现在的卢庚戌和当年唱着《一生有你》时一样，一样的孤注一掷。走过了水木年华的岁月，如今，卢庚戌只想为自己唱，唱生死、唱爱恋、唱生命的诗篇。

第七说

匹诺曹人声乐团：
让阿卡贝拉成为流行

采访人物：匹诺曹人声乐团，一支成立于2015年的纯人声乐团，是宁波第一支专业化并以职业化为目标的阿卡贝拉（Acappella）乐团。乐团现在有六名成员，分别是团长兼男高音王开泰，女高音李茜，女中音张雅莉、胡佳怡，男低音蒋超和人声打击肖陈春，六个人专其所长，演绎不同声部。完美的默契度所演唱的和声，赋予歌曲新颖的灵魂，令人耳目一新。

采访地点：匹诺曹人声乐团工作室

本期话题：如何让阿卡贝拉流行起来？

阿卡贝拉在起步较晚的中国，尚且作为一种"小众"的流行文化而存在，如何推广这种音乐形式？演唱阿卡贝拉，需不需要很强的声乐基础？一般人容不容易唱？如何让阿卡贝拉走进流行音乐的市场？我们的流行的音乐节能不能呈现更多元化的音乐？

扫码收听本期节目

　　他们说，是六个"长得好看的人"组成了如今的匹诺曹人声乐团，他们诞生在宁波，最早成立于2015年的10月，经历了"三代"，变成现在的固定组合。这是宁波第一支专业化并且以职业化为目标的阿卡贝拉乐团。

　　加入匹诺曹人声乐团之前，李茜在学校里面想过自己组一个小的阿卡贝拉团队，胡佳怡是个幼师，蒋超做了半年的销售，"大黑"肖陈春因为自己玩B-BOX，很想玩阿卡贝拉这种形式……"大家一个个进来，一起从第一首歌开始，一直到现在，慢慢地声音更加融洽。"团长王开泰说。这个年轻组合的平均年龄为24岁，但看起来像"一家人"。

　　在过去几年里，匹诺曹"阿卡贝拉"人声乐团受邀去过宁波的城市生活音乐节、草莓音乐节等多场大型的户外音乐活动，也让更多人听见和认识了阿卡贝拉这种演唱形式。

艺术青年说：专访匹诺曹"阿卡贝拉"人声乐团

主持人：匹诺曹这个名字……谁想的？

王开泰：是离开的老团员取的名。可能觉得这个卡通人物形象比较深入人心，会被大家记住。其实也是稀里糊涂地选这个名字吧。

胡佳怡：不是因为我们要真诚（不欺骗）地唱歌吗？

王开泰：后来我们给它一个意义，就是我们要诚实。

主持人：你们几位都是学声乐的吗？

王开泰：我、蒋超还有雅莉算是专业学音乐的，我跟雅莉在杭师大音乐学院。

蒋超：我是北京现代音乐学院。

王开泰：我跟蒋超是高中同学，雅莉是我的高中老师介绍给我的。如果不是因为这个团队的话，跟其他人都是没有任何交集的。后来因为我回到宁波之后想组这样一个团队，然后我就通过微博、微信把大家凑在一起。其实一开始组团的时候，因为实在找不到人，没有什么严格的标准。

主持人：你是怎么把大家组到一起的？

　　王开泰：我记得我最早面试的时候是在一个 KTV 里。很多人微博上私信我说想要来，我得先听一下大家唱得怎么样，比如待过合唱团或者是学过钢琴的，诸如此类的都还不错。进到下一轮以后布置了两个作业，识谱的当面来听。小六（胡佳怡）有一个很有意思的事情，一开始我给她发了五首歌，我说你必须要全部唱会、唱好再过来。她临来的前两天给我发微信，说团长对不起，我可能来不了了，你们这个团排练强度太大了，一个礼拜要学五首歌，我实在是学不会，不来行不行？

　　胡佳怡：你知道因为什么吗？我英文本来就不好，他发给我两首中文歌，三首英文歌，我就傻了。

　　主持人：原来不唱英文歌吗？

　　胡佳怡：我从小到大就唱过两首英文歌。（笑）

　　王开泰：其实她真的蛮棒的，我就求她，你来吧，能唱多少算多少，然后她说那行，我就来看一下吧，她就这样留下来了。

　　后来的故事是这样的，幼师胡佳怡转身成了匹诺曹人声乐团的女中音，因为在六个人中她年龄最小，所以大家叫她"小六"。原本在大学一心想做阿卡贝拉但没有成功的李茜，决定辞去会计工作，成了阿卡贝拉的女高音。爱玩 B-Box 的肖陈春（大黑）也终于找到了"一起玩的人"，如愿以偿地成为乐团的人声打击，大家都叫他大黑，因为他长得最黑。

女中音张雅莉和男低音蒋超的加入就相对顺利，张雅莉在大学组过阿卡贝拉乐团，也开过专场，毕了业回到宁波，加入了他们。而蒋超，他的问题不是声音，他是一个专业的男高音，但在这个乐团里面他的声部却是男低音。

主持人：这个转变对你来说有多难?

蒋超：因为我的音域，我可以唱得比一般男高音要低一点，慢慢还是磨了下去。需要长期地去唱去练，可能会耗费一些时间。

王开泰：蒋超有时候唱得太低会吐。

蒋超：因为太低了，会不舒服。

王开泰：其实还是花了蛮久时间。

蒋超：这个都是慢慢磨合的，大家一个个进来，一起从第一首歌开始，一直到现在，慢慢地声音更加融洽。

王开泰：其实我们不是一开始就都在的，像蒋超、小六、李茜他们都是后来才进来的，这已经是第三批团员了。

主持人：是在唱到哪一首歌的时候发现大家的声音真正融在一起了？

王开泰：那首歌是王若琳的《有你的快乐》，还是挺有意义的。我们能够找到这首歌的谱子其实蛮幸运，因为它很适合我们每个人的声部。排练出来那一刻，我才真的觉得其实我们是一个真正的团队，凝聚在一起。

主持人：一支专业的阿卡贝拉乐团的人数有标准吗？

王开泰：基本上是4—7人，大部分现在活跃的团体是4—7人。比如会有两个女高，或者是两个女中，或者是三个，或者有男一高、男二高，或者是一个男中音，Bass（男低音）可能会有两个，会有两个VP（Vocal Percussion，人声打击），可能会有声部上的重复。

主持人：据我了解，中国的阿卡贝拉因为起步较晚，多数乐团还存在于高校，处于半职业化的状态。

王开泰：对，大学基本上都是保持10个人以上的编制，尤其是北大、清华。可能是因为目前做阿卡贝拉的音乐人更多地专注音乐，因为阿卡贝拉的难点就在它不像大多数的音乐形式，它需要有一点点的门槛，要有一点点音乐的基础，比如说要学会看五线谱，因为是伴奏，所以对音准的要求很高。再加上要把大家的声音融在一起，需要一些声乐的技巧。所以这样加起来，相对其他的来说，阿卡贝拉更难唱一些。

主持人：编曲很重要！假设原先是一首流行歌曲，用阿卡贝拉做改编，有没有难度？

王开泰：其实编阿卡贝拉的话，看你要把它编成什么风格的曲子。一般会有两种方法，第一个就是想把它从一个有伴奏的变成一个纯人声的，还有一种就是在这个基础上加一点创新。一般来说，要先把旋律听下来，然后这个小节的和声是怎么样的，把它的和弦扒下来然后再做一些编配，要看编曲的老师怎么样去编配这个和声，让它更适合人一些，因为人毕竟不是乐器，所以在谱例上面肯定是有一定的区分的，比如钢琴的技巧，比如一个颤音，人不能这样去唱。当然也有加入一些现代的效果器来模仿电吉他、电贝斯唱出那种风格的，准备唱爵士风格的，或者全部用传统声音去唱美声的阿卡贝拉，都有。所以其实各种音乐风格都可以改编成阿卡贝拉，就是看用什么样的唱法，或者用什么样的编曲技巧，其实都是可以演绎的。

主持人：要唱好阿卡贝拉，需不需要很强的声乐基础？一般人容不容易唱？

王开泰：你听到的东西，其实比你唱的更关键、更重要。因为如果你听的有偏差，唱出来的东西就可能有误差，在配合的时候就会发生走调或者走音，或者整个影响作品，所以唱阿卡贝拉有时候听比唱更重要一些，它难就难在这个地方。因为每个人来的时候，大家的唱法或者唱歌的习惯都不一样，大家进来以后，有声部，大家各司其职，互相听和声声部，比如我、小六还有李茜，我们三个作为内声部，我们三个声音肯定要靠近一点，我调整一下或者是她们两个调整一下，大家互相让，然后融合。

主持人：音乐节是一个特别喧嚣的演唱环境，这和阿卡贝拉的"圣洁感"在我看来是相悖的，那么当初为什么要去参加音乐节？大众对于这股"清流"的反应是什么？

王开泰：其实如果面对面听，应该还是蛮清楚的。但我们人声毕竟还是唱不过器乐的，它们公放开得大，尤其是贝斯和鼓出来的时候，真的会把我们的声音掩盖掉。所以我们的声音可能只能保持在舞台的周围，但是其实也因为就像你说的那样，跟其他的东西不一样，大家听着会有很温馨的感觉，可能会留下来听。所以其实听我们演出的人还算比较多的。我相信，只要走过我们那个舞台的人都会留下。

主持人：所以像这样的流行音乐节是推广阿卡贝拉比较好的方式吗？

王开泰：如果说为阿卡贝拉专门开辟一个舞台或者专门留一个时间给我们也是 OK 的。（笑）但其实并不是说音乐节只属于乐队，我觉得音乐节不是这么狭隘的。我一直很推荐，希望大家如果有机会一定要去听现场的阿卡贝拉，那种感受跟听 CD 或者是录音的版本完全不一样。

主持人：你们觉得最好的推广方式是什么？

王开泰：推广算是我们团面临的一个比较大的问题，因为平台或者是其他途径比较单一，我们现在主要还是通过微博或者是自己的微信公众号进行推广，我们也真的希望有愿意帮助我们一起做这件事的伙伴，我们真的是非常非常欢迎的。

主持人：听说你们在白色情人节那天要发一支单曲，你们还自编自导了一支 MV。

王开泰：是的，我们打算在白色情人节那天发。这首歌改编自梁静茹和曹格的歌曲《PK》，非常有情节的一个故事。而且大家可能要多看两遍才能发现，因为这首歌是比较轻快的，所以它时间还较短，

拍摄的元素也蛮多的。建议大家可以单曲循环。（笑）

主持人：MV 演绎了三对情侣的日常，这个改编自"真实经历"吗？

蒋超：是强行凑了三对。我们团里面有三男三女。

胡佳怡：差不多是这个意思，强行凑了三对，来演绎整个故事。我们的团长（王开泰）和我们的女中音雅莉是一对，我们的男低音蒋超和我（胡佳怡）是一对，我们的 VP 大黑和我们的女高李茜是一对。

蒋超：不过我觉得这是不是按脸形分的……（笑）

胡佳怡：雅莉跟团长（王开泰）是主线，我们另外两对是辅助。

蒋超：这个 MV 拍了三天。我们严格按照歌词"三天不联络"来拍的这个故事。

王开泰：其实我们自己也很期待，因为第一次比较重视，自编自导的。那个转景的镜头，我觉得那个镜头做得好好看。自己参与的感觉是不一样的。

主持人：至少你们对自己的颜值还是很有信心的。大概在四个月前，你们在直播平台上开了直播？你们一般聊什么？

王开泰：其实我们基本上不怎么聊天，就是唱。每周一和周四一个小时，用互动的方式来推广阿卡贝拉，当然直播占用的时间会在结束后重新计入排练时间。尽量排一些新歌，呈现出来。

主持人：一般会有多少人收听你们的节目？

王开泰：多的时候2000人同时在线，少的时候你懂的……（笑）大家觉得我们的音乐形式比较新颖，好像还不错，其实每次唱也是一个练习的过程。反正干唱，把时间唱满就走人。

主持人：有在直播平台听了你们的直播之后，说想学阿卡贝拉的吗？

王开泰：我还没有看到过想学的，就是每次都会看到有人说来听。

肖陈春：真的每次都在。

王开泰：大家知道以后，有越来越多的人来听我们唱歌，喜欢上阿卡贝拉的音乐形式。

主持人：既然你们的目标是做一支专业的阿卡贝拉乐团，现在有具体的规划了吗？

王开泰：今年已经把这一整年要录的歌曲差不多规划好了。上半年还是以积累作品、录新歌为主，下半年打算开专场的音乐会。明年大概会在国内或者去国外参加一些比赛。

可能先从亚洲开始吧，日本、韩国或者新加坡，因为他们的阿卡贝拉比较多，当然我们也很想做原创。可能在将来会多尝试一些不同的，其实我们请不同地方的老师，比如台湾的老师、新加坡的老师还有韩国的老师改他们当地的一些音乐作品，可能他们更熟悉那样的风格或者更熟悉那样的唱歌方式，我们要先从地域方面开始慢慢地调整不同的音乐风格。

主持人：每一个团员说一下你们明年的小目标吧。

胡佳怡：第一就是不要唱出咖喱味的英文，能写几首自己的曲子吧。

蒋超：其实我的小目标也挺简单，就是能唱得更低，这就是我的小目标。

王开泰：我今年的目标就是希望自己的声音跟大家更加融合，不同风格的歌曲，不管什么类型的歌曲都多听一点儿，提高唱功吧。把我们的《春风吹》唱得更好。

肖陈春：因为我是个VP，我现在已经开始天天收很多阿卡贝拉的作品，然后听别人的VP怎么打，今年不想在节奏速度方面给团队造成困难。

蒋超：然后带一个对象回家。

王开泰：蒋超就跟居委会大妈一样，天天操心别人对象的事。

胡佳怡：真的很烦！

王开泰：今年的小目标就是把我给大家制订的今年的团队计划很顺利地完成，希望接下来有更多的演出机会，不要愧对已经辞职的团员。希望今年我们的匹诺曹人声乐团可以再上一个台阶。

知识点:

　　阿卡贝拉是一种无伴奏合唱,起源于中世纪的教会音乐。17世纪后,由于西方乐器的迅速发展,人声伴奏的作用逐渐被消解,改由乐器伴奏。直到20世纪,经历了大工业时代的人们,才开始逐渐怀念和谐的人声演唱。于是阿卡贝拉这种形式又重新流行起来,由美国开始逐渐蔓延到世界各地。

　　虽然起源于传统的教堂圣咏,但现代的阿卡贝拉已经逐渐演变成一种流行文化,用人声模拟器乐创造伴奏和和声,当然它也有赖于调音技术的发展。如今不仅在北美、欧洲,在亚洲也有越来越多的阿卡贝拉乐团涌现,成为娱乐工业的一股清流,让人耳目一新。阿卡贝拉细腻丰富,并不热闹,也不那么高冷,它给人的感觉是始终温暖而向上。

第八说

萧寒：

中国缺好的纪录片吗?

采访人物：萧寒，中国内地男导演，浙江工业大学副教授。毕业于中国美术学院。2011年开始纪录片创作，代表作有《我在故宫修文物》《喜马拉雅天梯》《丽江拉夫斯基》。

采访地点：书店

本期话题：中国缺好的纪录片吗?

纪录片《我在故宫修文物》在2016年不仅票房和口碑双赢，还成了一部现象级的纪录电影。导演萧寒在拍摄过程中经历了怎样的心路历程?匠人文化大热背后的原因又是什么?"古老传统"怎么才能被"当代眼光"接受和喜欢?中国缺好的纪录片吗?纪录片的商业价值如何开发?

扫码收听本期节目

　　2016 年，纪录片《我在故宫修文物》第一次将镜头对准了故宫的文物修复师们，他们是传统中国士农工商中唯一传承有序的公民阶层，如今，他们被人们朴素地称为"匠人"。这些文物修复师们一代又一代薪火相传，日复一日地打理着故宫里价值连城的国宝。几周前，我有幸采访到了拍摄这部纪录片的导演之一萧寒。

　　萧寒说，《我在故宫修文物》的拍摄、后期历时一年。但这和那些工匠师傅们不能比，他们会用十年临摹一张画。"不能烦"这三个字，在拍摄期间给了他很大的触动。拍摄的过程也是萧寒学着一点点磨性子的过程。

　　"择一事，忠一生"——这就是文物修复师们的生活。他们的世界安静而诚实，因为记忆容不得欺骗，也没有捷径，它体现的必定是手的温度和心的高洁。打开一座古钟，就是与历代的工匠对话。萧寒说，值故宫博物院建院 90 周年，摄制组真正在故宫的拍摄只有四个月，静是这里给人最深的印象，镜头就如实地记录下了这个过程……

艺术青年说："择一事，忠一生"——专访纪录片导演萧寒

主持人：为什么会想到把镜头对准他们——这些文物修复师？

萧寒：我也在大学教书，然后清华大学的一位老师——新闻传播学院的雷建军老师是我的搭档，从创作纪录片开始都是他做制片人，我做导演，我们是在纪录片领域的铁杆搭档。因为他（雷建军）之前是做纪录片研究的，他之前参加央视的《故宫一百》拍摄的时候，发现了这些修复师，他觉得很受触动，说我们得拍。那是 2013 年，我正在拍《天梯》，等到了 2015 年我们终于有机会拍了。

纪录片开拍前，有五年的时间，《我在故宫修文物》的制片人雷建军带着他的学生多次深入故宫调研，编写了近十万字的田野调查报告。这个调研持续了五年，拍摄也仿佛准备了五年。在纪录片开拍时，摄制组的每一个人都拿到了一本十万字的调研报告，而更大量的采访发生在拍摄期间。

主持人：《我在故宫修文物》不仅进了影院公映，而且现在成为一部现象级的纪录片电影。对于一部纪录片而言能取得这样的票房，你之前有料想到吗？

萧寒：从我 2010 年决定要去拍纪录片，进入这个行业开始，我心里就有一个梦想，就是纪录电影应该成为一个电影类型。五年前，当我接触到这些深藏在故宫幽深角落不为人知的修复师们的时候，我就有了这样一个心愿，有一天我要放出来让他们被大众知晓。

主持人：到最后有没有算过一共有多少分钟的素材?

萧寒：有一百多个小时的素材，但片子才用了1%，一个多小时，我觉得还不够多。一个很著名的纪录片导演小川绅介说："如果你拍得不够好，是因为你离得不够近。"

因为故宫有限制，只给我们拍了四个月，按照我们的思路，基本上都希望拍一年，有春夏秋冬。因为真正地走近以后就想把每一个人一年的生活浓缩成一个半小时的纪录片，这里面一定会有很多有意思的。这批修复师特别特别棒，他们的生命状态、他们的生活就特别值得记录和呈现出来。

这些屏风是给康熙祝寿用的，在他60大寿的时候，
他32个子孙每人做一块。

——《我在故宫修文物》

主持人：在这么多的素材中，你对哪一段印象最深?

萧寒：我觉得所谓印象最深的、对你触动最大的是什么，这种问题是记者最愿意问的，但是光想着什么印象最深、功绩最大，那不是一个纪录片工作者的工作状态。就像你前面说的，一切都是一个日复

一日的融入的过程，其实大家都是在融入貌似平淡的生活之后，再去寻找和挖掘。

> 　干我们这行的必须得坐得住。这里的人生活气息比较浓，觉得好像跟自己原来理想的故宫生活的样子也不一样。师傅嘛也是为了磨炼你的性子，拿一张纸让你刮上面的草棍、黑渣，其实你现在回想起来他有他的目的，是不是练习了你的性情？我当时上学的时候，我在我们班毕业的时候，我的专业成绩是最好的，我想我到这儿以后可能就做不了艺术了。
>
> 　　　　　　　　　　　　　　——《我在故宫修文物》

萧寒：我们希望能够把人物最生动、鲜活的一面体现出来，这是有别于之前的故宫系列的地方。故宫系列是一个更宏大的叙事，而我们可能更关注一些人物，希望人的质感更鲜活。

> 　静下心来我研究它，我了解它。比如我就不搞创作，就到这儿来。同学在外面，人家搞创作相当好、相当红火，我在这儿默默无闻地一辈子就干这个。
>
> 　　　　　　　　　　　　　　——《我在故宫修文物》

> 　修钟表不一样，修其他的静的东西，修完了就搁在

那儿摆着不动了。机械的东西它要求动。

——《我在故宫修文物》

　　故宫的文物修复组分为钟表、铜器、裱画、摹画、木器和漆器组，修复师们待在故宫西三所的一个小院里，他们的工作就像这个平房小院一样接地气，来自生活也接近生活，拥有一种外面没有的悠长节奏。他们用三年磨一把刀，用十八年修复一幅画，他们的人生成全了文物。

　　西三所与寿康宫只有一墙之隔，外面是雕梁大殿，这里是红瓦灰墙，故宫修复师们每天接触那些挤满灰尘的古老物件，也继续着老手艺人的传统，师傅带徒弟，代代相传，出了故宫就是另一个世界了。

　　主持人：因为这部纪录片，很多老师傅们现在都成了"网红"，比如钟表组修复师王津，我看他说自己在公共汽车上都能被人认出来。你觉得为什么这个很"讲古"的片子，反而能被那么多90后喜欢？据说点赞的超过80%是18岁至22岁的90后学生。

　　萧寒：（笑）王津老师用90后流行的讲法就是一个词"苏"，很苏，因为他的性格也是那样，讲话也是糯糯的感觉。还有青铜修复师王有亮……过去像王津、王有亮，他们都是老一辈的师傅带徒弟的做法。王津是16岁就进来当学徒，从16岁什么都不知道的时候开始，先做打磨，把最基础的事一路学过来，所以他有完整的师承。屈峰他们这一辈会带着他之前的主观基础，他是用一种新的状态进入。因为他是美院毕业的，他过去学的是艺术创作，现在进入到一个匠人的状态，其实他内心也是有冲突的。

现在的年轻人可能对于师徒制是相对陌生的，但是进入到这个氛围之后，他们又会被这样的氛围影响。举个例子，高飞是王有亮老师的徒弟，他会用更新的方式，比如说 3D 打印，还有 Google 眼镜，建议师傅试一些新的东西。我觉得师徒这样的关系，它传承着传统的感情，但是授业和技艺其实是有变化的，我觉得这个师徒传承挺有意思的。

> 我们每一个步骤都会录四五个小时，拍三五张照片。其实和文物比较接近，甚至略比它弱一点儿是一个比较好的状态。
>
> ——《我在故宫修文物》

主持人：《我在故宫修文物》先是在央视 9 套播出了三集，引起了观看热潮，又延续到了后来的大电影。我注意到大电影去掉了所有的旁白，为什么？

萧寒：其实最基本的是对电影感的理解。在电影院里看一个像电视节目的东西的感受是不同的，我会尽量少用旁白，这是我们对自己的创作要求，不代表坚决不用，而是尽量少用。任何东西都是双刃剑，旁白也是。因为前面有旁白，给大家建立了那样一个认知基础，没有旁白之后很多人会觉得看不明白。其实我们也想到了，但是我们依然愿意去尝试，因为既然是创作者，我们还是要有自己创作的想法。

　　主持人： 除了你说的电影感之外，我觉得似乎大电影更加突出了"人"这个主题，而不是文物本身。

　　萧寒： 对，就是用一种趣味性的方式做一些知识性的传播。电影完全就把这个抛掉了，我觉得电影更多的是情感的传递，其实是从一些貌似琐碎的细节呈现当中去感受生活，感受一种生命的质感，这是我的初衷。

　　　　我提前把这个空调开了一上午，加湿器也开了一个
　　　　上午了，就是让它加大湿度，现在湿度已经达到了五十
　　　　几吧。

　　　　　　　　　　　　　　　　　　——《我在故宫修文物》

　　萧寒： 这些人物真的是中国传统的士农工商里面的工这个阶层，保存得特别完整，其实就是我们常说的手艺人。只有手艺人是这一两千年来，他们的生活状态、传承是延续到今天的，所以我们觉得特别有记录的价值。在北京这样的一个城市，中国最大最繁华的都市里，这些人物身上的气质好像是一种特别的存在。

　　脸部都是木质的，然后上面有一些颜料，但是不同种的颜料可能对 X 光吸收的强度不一样。

　　老师傅的水平得完全继承下来，如果一代一代地老这么样传，那不就越传越少了吗？对吧？

　　　　　　　　　　　　　　　　——《我在故宫修文物》

　　主持人：这部纪录片在 B 站（哔哩哔哩弹幕网）火了之后，豆瓣评分高达 9.4，据说甚至超越了《太阳的后裔》和《琅琊榜》？！

　　萧寒：对，我们成功地拍摄了一部故宫的招聘宣传片。（笑）《我在故宫修文物》播出之后，有 2 万人报名加入故宫团队，故宫只招 100 多个人，有 18 个人进入了文保修复部做修复工作。今年应届生的招聘又开始了，据说报名的人更多。

　　主持人：对于这个始料未及的反响，挺有成就感？

　　萧寒：对，我为什么这么说呢，其实我心里是憋着一口气的。当然不是生气的气，因为在我自己进入纪录片创作之前我看了太多的独立放映，也就是说纪录片的呈现到最后只能是独立放映。大家搞一个周末的文化活动，纪录片爱好者来看一下这部片子，甚至作者每到一个城市就做这么一场活动，跑了十个、二十个城市，每个城市有一百人看，十个城市就只有一两千人看到。我觉得这个真的挺让人难受的。有二十万人买票去看了《我在故宫修文物》，在网上也有近亿人次看了。所以我觉得这个是它更大的价值所在。

主持人：到现在，你觉得这个目的达到了吗？

萧寒：大部分目的达到了，它弥补了纪录电影这个类型的一个空缺。从我 2010 年决定去拍纪录片进入这个行业开始，我心里有一个梦想就是，纪录电影它就应该是一个电影类型。现在大家会慢慢觉得纪录片就是在电视上看的，在网络看的。

主持人：但我们的电影观众，有没有真正开始接受纪录电影这样一个类型？还是说，它的成功有偶然的成分？

萧寒：你觉得呢？（笑）其实有很多观众能够感受到，就像你也感受到了。我觉得完全超出我们的预期，让我觉得受宠若惊。之前的故宫工艺也都拍得很好，大家都有自己的不同的审美选择，这个审美选择的丰富性很重要。所以我们会坚持自己的创作方向。

我们在路演的过程当中，每一次我问观众，有多少人是第一次走进电影院来看纪录电影，几乎 80% 的人从没有过这种观影体验，因为我们的片子他有了这个观影体验。我问第二个问题，有多少人会因为这个体验愿意第二次、第三次走进电影院去看纪录电影？几乎有 90%

以上的人愿意，这不就是改变吗？

主持人：纪录片电影在目前的市场上还是一个相对的空白，是因为什么？是中国缺好的纪录片吗？还是发行的渠道、市场不看好它的商业价值？这个商业价值在今后能够被开发吗？

萧寒：中国获奖的纪录片真的不缺，但无法影响更多的人，我觉得哪怕是得了专业领域里最大的奖也不如多十万人看到它。而这十万个人从这部片子里面能够获得对他有触动的东西，哪怕是一句话，哪怕就是主人公的一个表情，哪怕就是一个细节，就像有观众说我看到最后的空镜，那个麻雀在吃那个猫粮，麻雀飞走了，蚂蚁爬过，我就莫名地感动，我觉得这就是一部片子的价值。

> 别着急，慢慢划。
> 像是被一种稳定的东西打败了，那就和它好好相处吧，有时候看佛是什么样，你就是什么样。
> 你看漫画里的主角都是为了保护某样东西才燃起来的，咱们这个事也一样，是在保护着某样东西。
> ——《我在故宫修文物》

主持人：这些修复师们因为对器物的敬畏，对文化的谦恭，用漫长的时间做一件事，这是属于工匠的智慧。在拍摄他们的时候，对你自己有什么触动?

萧寒:我觉得其实也算磨磨我们的性子吧,尤其是我,我其实是一个挺容易着急的人,有时候容易烦,包括拍这个片子也会碰到烦的时候。王有亮老师的那句"不能烦"对我有特别特别大的触动,"不能烦"这三个字真的非常朴素,但是他们做人的感觉和工作的状态是那么丰富。

2016 年,故宫科技文保部搬迁到另一座新楼中,这些修复师们告别了原来的西三所,一个时代仿佛结束了,但新的时代正在开启。

近两年,故宫每年吸收四五十名应届毕业生,年轻人的到来,也为这些老手艺带来了一些不一样的气息。五年后,老的修复师们慢慢退休,年轻的队伍也将不断壮大,他们将真正决定故宫的未来。萧寒说,真正的"传统"是生活化的,跟着日子变,跟着年月走,所以才会显得"永远年轻"。

第九说

王乐汀 & 叶匡衡 × 贺磊：
甬剧能跟电音结合，这是前所未有的

采访人物：贺磊，宁波人，青年甬剧演员；

王乐汀，宁波知名唱作人，Billdisc&play 衡乐音乐工作室创始人。作为国内新晋的电子艺人 Billdisc 曾在美国顶尖前沿电子摇滚厂牌 FiXT 的艺人布鲁·司大力（Blue Stahli）的 ULTRAnumb Remix（混合流行电子音乐）比赛中取得 TOP18 的成绩，是唯一一位获此殊荣的亚洲人；

叶匡衡，知名音乐人，Rapper（说唱艺人）。2010 年参加选秀《快乐男声》，获全国 60 强。现于宁波与王乐汀创办 BP 衡乐音乐工作室。2014 年 2 月 22 日发行首张专辑《匡衡笔志》。

采访地点：录音室

本期话题：音乐如何跨界？

一首混合流行电子音乐和 Hip-Hop（嘻哈）的传统甬剧《新拔兰花》为什么会刷屏网络？传统曲艺需不需要流行化的传播？跨界为传统艺术带来了什么？与现代音乐的融合，究竟是挑战了传统还是拯救了传统？老底子的文化，究竟能不能换个姿态生长？

扫码收听本期节目

　　某一天，朋友圈忽然被这样的一支音乐 MV 刷屏了。用时下热门的 Trap，也就是电子音乐和 Hip-Hop 方式全新改编的甬剧《新拔兰花》，令人耳目一新。创作者们用电音为戏曲演唱做铺陈，混入了多段 Rap，听过的人大多很惊讶，原来甬剧还可以这么唱。

　　这是艺术青年所见的世界，带着一种突破传统的狂想。《新拔兰花》的创作者是三位年轻人，作曲王乐汀、Rapper 叶匡衡，他们都来自 BP 衡乐工作室：王乐汀，1980 年生，说话透着一股年轻的沉稳，在他内心，有 20 世纪 80 年代的摇滚艺风，接轨国际，表达自我。叶匡衡，一位 85 后，典型的嘻哈打扮，说起话来调性十足，他给自己的名加了一个字，字匡衡，他说中国的传统就要写在名字里。贺磊，宁波市甬剧团的青年演员，《新拔兰花》的戏曲部分全都由他完成。台下的他没有一点脂粉气，反戴着一顶鸭舌帽、一件长款卫衣，满身时尚。颠覆与反差是我从他们身上感受到的东西。

　　甬剧是"最宁波"特色的传统曲艺，而改编它的三个人老底子是宁波人。

艺术青年说：当甬剧遇上电音

主持人：你们对《新拔兰花》这首歌的完成度打几分？

贺磊：我大概可以打个 80 分左右吧。

叶匡衡：贺老师就比较谦虚。（笑）我打 100 分，因为这个东西之前是没有的。

王乐汀：我觉得《拔兰花》是最传统、最经典的甬剧。能跟当今比较热火的电音、Rap 结合，这是前所未有的合作。

主持人：是什么原因有了这么一次跨界的创作？

叶匡衡：我觉得非常有缘分。我跟王乐汀两个人，我自己也做作品，我以前想到过做一些跟甬剧有关的东西，因为之前我们也做了一些宁波本土题材的歌曲，但是那些相对来说没这么吸引大家眼球，我想过做甬剧，但是一直找不到切入点。然后我们就在一些机缘巧合下坐下来聊一聊这个事情。贺磊和我们私下里关系非常好，当然就非他莫属了。

贺磊：其实打从一开始是真的没什么底，我不知道这个成品出来到底会怎么样，又期待，又有点彷徨。我觉得万一不吸引目标群体怎么办？或者说在我们甬剧的老艺人眼里看来会不会产生一种负面感？

但是让我吃惊的是，这个作品出来以后真的是非常好。

王乐汀：我们一开始想好做电子，但是电子的风格也非常多，电子的节奏也非常多，我们设计了几种，最后找了时下大热的 Trap 的风格，花了蛮长时间，这个风格跟这个戏曲绵绵的感觉在核心、精髓上特别符合。

主持人：贺磊你是唱甬剧的，这么一个地方剧种完全被一个外来的音乐风格所改变，你听完有什么感觉？

贺磊：其实我从小也比较喜欢流行音乐。（笑）我要讲一点，我觉得戏曲这个东西，比如说国粹京剧、昆剧、越剧这种比较泛的剧种可能会有一定的程式化，但是因为甬剧在全球就只有这么一个团，它属于非物质文化遗产，对这项传统艺术而言，要跟现在的流行音乐接轨肯定要下很多功夫，没有大家想象的、看到的这么简单。其实从作品初稿定下来到最后发布的时间非常短，在这么短的时间里面要去解决很多问题真的非常不容易。

主持人：怎么做才能够让它又有传统的味道，又不失新潮的表达？

贺磊：要问"王大神"，因为编曲基本上都是他做的。

王乐汀：其实很简单，我们还没有那么老古董，贺老师的特征在音频里也无法体现，他今天很帅很潮，其实他内心还是很潮的，毕竟是年轻人，也是热爱艺术的。

"生活化"的甬剧给王乐汀的音乐创作提供了灵感，他用最酷的音乐唱最市井的老调，听起来像是某种意义上的颠覆，但无疑最亲近时代。《新拔兰花》的出现，也给了甬剧这个地方剧种的传承提供了新的可能。

王乐汀：我很小的时候听过甬剧，但是现在没有特别的印象。我在做这个东西之前，得先去听甬剧。然后就定了这一首，很传统，也是每个甬剧演员都会唱的，够经典。然后就去找能把甬剧里面的元素嫁接到电子音乐上面的方法，那我就要去找它们音乐上的走向，合成上的匹配，让两个精髓互相嫁接。

我做了第一个试听带，是用的很老的一九八几年的一个视频里面的一条音频，然后自己做处理。我在制作当初就发现甬剧是很不规整的，非常自由，而且也没有固定的速度和拍数。所以说一开始会有一些难度，费了一些脑筋。

甬剧有很多是走小调形式的，走小调形式的话就可以跟现在的电音、EDM 这种东西互相结合起来，因为电音也是走小调形式的。然后电音比较规整，会有 4/4 拍、8/8 拍这样规整的循环。那个时候贺老师觉得很不错，我觉得这个就已经很成功了。

叶匡衡：后来我就开玩笑，是新的东西比较死板，还是老的东西比较死板？因为甬剧真的太自由了，而且甬剧的演唱者会带动后面整个民乐乐队。这跟我们现在的流行音乐完全不一样，现在我们都是跟着伴奏唱。

主持人：而且你们把 MV 也拍得特别炫酷，用一种很现代的审美，也不同于传统戏剧的情境。

王乐汀：也是各种跨界，蛮大胆的。（笑）就像我第一次看到甬剧化妆，化妆师就整整化了一个上午，好几个小时。

叶匡衡：其实还是蛮开心的，我觉得因为大家志同道合，虽然是唱甬剧，但是艺术是相通的，大家的成长环境各方面比较相似，所以大家的某种修养，就是属于这座城市的，文化就是与生俱来的。

主持人：如果用一种音乐来表达宁波的话，你们认为它应该是一种什么感觉？

王乐汀：如果在我们做这个作品之前问我这个问题，可能我没有办法概括出来，但现在可以了。

甬剧好像已经有一百多年历史了吧，从甬剧就可以看出宁波的音乐文化的苗头。跟其他的国粹相比，比如京剧，京剧是很豪迈、很大场面的，说的都是大事。比如越剧，越剧里就会有很多情情爱爱，比如梁祝。然后发现甬剧讲的都是很细碎的小事，歌词也是小文字游戏，很巧妙，没有很大的情怀，但是非常人文，非常具有宁波的特色，让人感受到宁波人比较细腻务实的精神。

贺磊：戏曲的受众群体年纪比较大，倾向于中老年，年轻人对现在的戏曲，特别是对地方剧种的了解并不是很多。

主持人：前有《刀马旦》，后有《苏三说》《在梅边》和《新贵妃醉酒》，都是植入了戏曲元素的当代流行音乐。确实更容易被年轻一代传唱了，但这种嫁接真的能让一门古老的艺术不变味吗？

贺磊：我们作品出来之后的第二天，就是一个甬剧传承班的授牌仪式。到我演出之前正在准备伴奏带的时候，大屏幕突然就亮了。我们昨天刚刚出来的视频立马就呈现出来，顿时我就傻眼了，我们昨天刚把它发出来，在这么短的时间之内就被这么多人都看到了。

王乐汀：而且底下那些学生都是看得津津有味。

贺磊：所以这一次的这个《新拔兰花》，我觉得可以打开这个受众面，让一些青年人也可以认识，打个比方，五年、十年之后，这一批人能从很小就能知道甬剧。

王乐汀：我们做了这样的东西之后，至少年轻人愿意来听了。要不然的话，等到那一批中年人都过世了之后，我们底下这些90后、00后可能压根儿对甬剧不感兴趣，至少我们现在还能拉过来一部分耳朵吧。

贺磊：我觉得我们好伟大，拯救了甬剧的艺术。我觉得当代流行的音乐跟古老的戏曲合作，当然有些冲突还是有的，就看我们怎么去把它磨合好。时代在进步，我们甬剧不可能还是停留在原先的位置上，肯定会往比较前卫的方向走。我看过《沈三江》，是现代戏，它不像大家想象的那么古典。

王乐汀：这个可能跟一般市场上所流行的那种加入一点戏剧元素的流行歌不太一样，我们初创沟通的时候就有想过，因为把戏曲的元素加入到流行音乐里，像王力宏、周杰伦那些人已经做过很多了，所以我们当时在想要尽量把甬剧的部分也好，流行音乐，就是电子Rapper的这部分也好，都要做得比较高端。

主持人：王乐汀、叶匡衡你们两位其实之前做过一些"混搭"的音乐尝试，就用Rap唱过《宁波麻将》，用电子R&B唱过《南塘旧事》，似乎你们是在把宁波的一些老俗，用音乐做成了一种另类的时尚。

叶匡衡：我觉得这个灵感是来源于真实的生活，当然我生活在宁波，所以宁波对我来说肯定意味着生活中的点滴，也是灵感的来源，我的个性可能不太适合漂泊，还是比较恋家，喜欢和亲朋好友待在一起，我觉得在这种情况下我更有灵感。

　　其实我脑子里面确实有很大一部分是这种东西，确实是我的真实感受。我比较恋家，肯定想创作一些跟宁波有关的作品，也有一些机缘巧合。《宁波麻将》非常有宁波人的精髓，宁波人彼此会用扑克牌、麻将来维系感情，所以我就觉得这样肯定有灵感。

　　叶匡衡是地道的宁波人，并非音乐专业出身，却成了一名职业的音乐人。他喜欢唱歌，早在学生时代就凭借《快乐男声》杭州区十强的身份唱到了全国。他说艺术就是生活，稳定的生活反而给了他恒定的灵感。后来叶匡衡遇到了王乐汀，就组成了 BP 衡乐音乐工作室。

　　叶匡衡：碰撞就是完满的，我觉得音乐是玩出来的，包括《新拔兰花》也是一样，说白了大家就是很纯粹地玩，但是觉得玩得还不错，以后可以多玩一点儿这样的东西。

　　其实每个人都想写歌，只是苦于没有途径、没有方法，那就需要一些手段，后来我就自己琢磨，包括认识了王老师，我觉得渠道就通了，做了一些创作。

　　王乐汀：像我们这次合作也一样，我觉得我们都在做之前在宁波没有的事情，我们做什么可能都会变成一个标杆，所以我们要玩好自己，也为之后喜欢音乐的好朋友指明方向。宁波的音乐激情可能一直被压抑，现在这个土壤慢慢起来了。

　　王乐汀可以说是一名资深的音乐制作人，曾经参加过美国顶尖的前沿电子摇滚厂牌 FiXT 的 Remix 大赛，成为唯一一位获此殊荣的亚洲人。2011 年他在美国发行了个人的制作单曲《ULTRAnumb》并且同步在 iTunes 上发售，2013 年起王乐汀成为《中国好声音》的宁波区评委，并参加了第二季《中国新歌声》，成功加入那英战队。

　　主持人：王乐汀你有这么高的起点，为什么选择回到宁波做音乐？

　　王乐汀：也不是说从那么高的平台下来，宁波这边可能就容不下我的音乐吧，起点太高，我也走得稍微靠前了一点。我在宁波是比较少露面或者能够给大家听的。我其实也不是学音乐出身，我比别人的稍长之处就是听的东西多。那时候我花很多钱买了大量的 CD、磁带，经过了大量的国外优秀音乐的洗礼。

　　我觉得现在一些宁波本地的音乐人，他们的视野还是比较窄，听的东西比较少，积累就会比较少。

　　后来认识了叶匡衡，2014 年，我们 BP 衡乐的第一张原创专辑《匡衡笔志》发行。这张音乐专辑完全是我们以工作室的名义来发行的，据我了解也应该是宁波地区第一张拿到音乐版号正规出版的流行音乐专辑。

主持人： 你是想去证明一些什么吗？

王乐汀： 去证明我们自己，就像一个音乐的大拼盘，很多种类的音乐风格。歌词基本上都是叶匡衡一个人完成的，所以这张专辑叫作《匡衡笔志》。

叶匡衡： 这首歌的名字《AG New world》，是我们《匡衡笔志》的第一首歌，代表着我们的《匡衡笔志》整装待发。

主持人： 我注意到你们在专辑的介绍中给自己写了这么一段话："自由，往往一空下来就又发现无所适从的寂寞，来诠释，也希望这是一场纯粹的非契约主义，伴随着勇气一直走下去。"这句话想说什么？

王乐汀： 就是跟叶匡衡一起不停地把原创音乐做下去。（笑）慢慢积累吧，踏实一点，坚定一点。

主持人： 前几张专辑唱过 R&B，电音、说唱都唱过了，接下来还有什么想要尝试的风格？

叶匡衡：再尝试的话就没救了，真的真的，我觉得我们要定下风格。

王乐汀：我们接下来，包括现在已经在筹划的，可能是按照一个专辑的形式去做，但是最终可能不一定会出专辑，以单曲的形式发。这一点也非常好，这种混搭有时候反而就是我们的风格，我觉得只要达到一个共识就可以了。就跟这次的甬剧一样，正是因为碰撞可以擦出一点儿火花，而且两个人关系比较好，不会有太多的矛盾，比较容易达成共识。

叶匡衡：但是四五个人的话基本上就要 Call 瘫（宁波话音）了。（笑）

知识点：

　　甬剧，宁波的地方戏。从最早的田头山歌，到民间艺人赖以谋生的"唱新闻"、风靡上海滩的"宁波滩簧"，多年来，甬剧一直是老宁波的心头好。

　　电音说唱，一种糅合了电子音乐和街头嘻哈文化的前卫表演形式。

第十说

余洋灏：

我们在硅谷

采访人物：余洋灏，品牌出海服务商 Red Cube（红方块）联合创始人兼 COO，凤凰网驻硅谷特约记者。Red Cube 与制造商深度合作，从广告包装到市场推广、落地营销，用全球化的思维做品牌化的服务，在全球互联非常火热的今天，他们把美国思维导入到中国制造的产品当中，讲出了一个不一样的中国故事。

采访地点：中国（宁波）特色文化产业博览会

本期话题：如何在美国硅谷讲好"中国制造"？

在当今的全球化时代，中国品牌越来越多地走上国际化道路。余洋灏所创立的 Red Cube 如何帮助中国品牌打开国际市场？中国企业在硅谷创业"艰辛"吗？ 硅谷企业的创业氛围和工作日常是怎样的？余洋灏怎样看待青年人创业？

余洋灏，Red Cube 创始人，在第一届中国（宁波）特色文化产业博览会上，他的公司作为美国硅谷企业参展。余洋灏是土生土长的宁波人，他的合伙人是曾经的中学和大学同窗，没想到两人又不约而同地去美国读研，再度成为研修多媒体专业的同班同学，大学毕业后，他和合伙人一起在美国硅谷共同创立了如今的 Red Cube——这不是一个简单的广告公司。

在传统生产制造商寻求转型的今天，大量的国货进入海外市场，但刚开始却大多依赖美国的贴牌商或依靠差价竞争而获利，对于品牌的打造缺乏概念。Red Cube 与制造商深度合作，从广告包装到市场推广、落地营销，用全球化的思维做品牌化的服务，从品牌重塑到广告投放再到销售，保证中国制造产品在国外市场的各个环节都有最专业的解决方案，解决了国内产品在美国水土不服的问题。

把中国的产品推向海外，Red Cube 要讲一个不一样的故事！

艺术青年说：在美国讲好"中国制造"

主持人：对你来说，在硅谷创业是不是一件很艰难的事？

余洋灏：我倒觉得前期硅谷创业真的很简单很容易，为什么呢？硅谷创业的氛围非常浓厚，我们待在那边，每天都有峰会，这个真的是一点儿都不夸张，每天都有大大小小的论坛、创业论坛、投资人对接会，或者线下的 Party，哪怕我们到别人家里开 Party，聊的也都是相关的——你今天要做什么？明天想做什么？你做这个事业想要做什么东西？你毕业以后是不是想要自己开公司？这样一个文化的氛围造就了我们这批人，从硅谷出来的人选择创业的是非常多的。

主持人：Red Cube 这个名字的意思是红色立方体，可我注意到你们的 Logo 是一个绿色的圆，这样的设计有什么寓意吗？

余洋灏：Red= 红色，Cube= 立方体，我们当时也在想是不是能够取一个非常好记又能让大家印象深刻的名字，然后就在 Logo 上下了一些功夫。Red Cube，红色的方块，但是我们的 Logo 又是绿色的圆，完全是反向的，红色的方块、绿色的圆。很多客户就会问，你们怎么做了一个相反的东西出来？这个时候我们就告诉他们，因为我们可以告诉你一个不一样的故事，在我们眼里，事情是不一样的。

主持人：在你们和中国供应商合作的过程中，最大的感受是什么？

余洋灏：我们看到越来越多的中国公司来到硅谷，然后发现：

哎？这些中国的公司其实也是非常有实力的。我们希望看到这样的一天，"中国制造"的实力真正开始雄厚了。

跟他们合作给我的收获很大，比如智能黑板、智能牙刷、电瓶车，通过互联网思维产生了一个叫作全地形电瓶车的概念，还有一些企业做人体工学椅，还有一些是专业的做户外运动的企业。

主持人：很多创业者也许会想象一个"硅谷的创业者"的一天，从早到晚是什么样的？

余洋灏：其实我的一天有点儿不太一样，有时候我的一天是去参加各种各样的论坛、峰会，参加各种各样的会议，或者去宣传我们的公司。或者有时候我的一天就是埋在公司里面，从早上到晚上十一二点都在公司。其实作为一个创业公司，我们的创业人说白了就是打杂的和定战略的，什么都得干，我们不是大公司，每个人都得身兼数职，什么都得做。

主持人：其实很多CEO做的事情基本上都是在"找钱"和"找人"，你在创业初期是不是也遇到过这两个问题？

余洋灏：当然找相应的投资商能够快速地成长起来，因为硅谷也是有一个融资环境的，后来国内的融资环境更好，因为国内也有很多投资商，国内的钱比硅谷绝对是要多很多。

主持人：如今的中国供应商开拓美国市场，还依赖于贴牌或者在价格战中获利吗？

余洋灏：五六年前，中国做代工做 OEM 的市场是非常火的，有一个出海热，但是这两年却越来越困难。因为国内的人力成本和物料成本在上涨，美国的品牌商向这些公司进货的时候也越来越聪明，学会了压价。可能今天找你做，明天不一定找你，导致中国的大量厂商之间有了价格竞争，我觉得这是恶性循环。所以有的品牌商，像广州、浙江有一些厂家开始意识到未来拥有一个自己的而不是美国人的品牌，不做代工，是不是一个出路？

我们就发现了这个商机。觉得为什么这些中国的制造商不可以拥有自己的一个品牌呢？原来我们做的这些广告、这些东西和这些服务，做营销的方法都可以用在这些中国公司上。

主持人：据说 Red Cube 的团队成员大多为 80 后和 90 后？

余洋灏：领导层都是 80 后，其他的员工可能以 90 后为主，平均的出生年份是 1989 年。

主持人：这么年轻的团队，你们在硅谷立足的优势是什么？

余洋灏：我们的创意团队大都来自旧金山最好的艺术大学。带领我们广告部门的人里有一位叫 James，他在好莱坞打拼了将近5—6 年的时间，参与过好莱坞一些电影的制作，比如《钢铁侠1》跟《钢铁侠2》，还有一些非常好的广告，比如苹果的广告。我们高薪聘请他作为我们广告部门的主管，来带领我们的广告部更好地为我们的客户服务。

当然我们团队其实是非常多元化的，有美国人和中国人，互相的搭配是非常好的。其实在硅谷当地的每个华人工作都非常辛勤，和美国人不一样，美国人可能到了6 点下班时间就下班了，但是华人可能因为工作没有做完就一定要把它做下去，最后默默把这个事情做完才回去。我觉得他们钻研的能力是非常强的，所以我非常相信华人。

主持人：你刚才提到了在硅谷的工作环境，可能我们都只能从影视剧里看到或者想象硅谷中人的生活，HBO 曾经出过一个三季的喜剧《硅谷》，但真实的"人设"、真实的生活工作到底是什么样的？

余洋灏：在硅谷当地打拼的华人，其实他们工作很辛勤，但是很多华人不善于表达，往往最会表达的就是那些美国人，还有那些印度人。硅谷还有很大一部分种族群体是印度人，他们在表达上面占了非常大的优势，我们公司也是利用他们这些人的属性，我们把创意总监、导演这些需要去讲述故事的职位让美国人去做，真正有些做事的、肯实干的那些职位留给我们当地的华人来做，这样就是一个非常好的结合。在大公司里面目前印度人升职非常快，就是因为他们非常能说、非常能聊。

主持人：在你的公司里他们的比例大概有多少?

余洋灏：我的公司里面没有印度人，非常遗憾，招不到印度人。公司目前可能65%—70%都是华人，美国人在创意方面也是非常强的，所以我让美国人在广告部门和创意方面工作，会比较好一些。

主持人：一般有两个合伙人的话，一定一个负责说，一个负责干，你跟合伙人怎么分工?

余洋灏：我基本上是属于"干"的。我的合伙人做事效率非常高，她也是一个比较能说的人，她在各方面的能力是非常强的。

主持人：从刚开始的内容团队发展到如今的品牌服务团队，Red Cube真正想做的是什么?

余洋灏：就是想做一份事业，帮助中国的民族品牌和制造商走出海外，哪怕做成一个中国品牌，这个事就值了。

主持人：在创业至今的五年时间里，有没有特别"难过"的时期?

余洋灏：当然，难的东西太多了，毕竟我们是去当地留学的，相当于一个中国人在当地创业，创业时碰到了非常非常多的问题，包括法律问题、会计问题、开公司的各种各样的问题，还有人才搜罗等各方面的问题，我们一路踩了很多的坑，也走了很长的路，才能走到今天。

虽然一路走来确实非常艰辛，但是我觉得一个公司不进步，还能很平稳地发展反而很危险。就像温水煮青蛙一样，当发展很平稳的时候，我就觉得"怕"，到底公司未来会不会有好的出路。原来我们做广告公司的时候，也在讨论，假如我们做个四五年、六七年的时间，哪怕我们在硅谷当地口碑非常好，是不是能赶上奥美这样的 4A 大型广告公司？或者这个事业做了一辈子，是不是很有意义呢？那时候我们就开始反省。

主持人：你一直强调"把中国的产品推向海外，Red Cube 要讲一个不一样的故事"。在全球化贸易的今天，怎么讲好这个"中国故事"？

余洋灏：首先，我们有一个非常好的 Research（调查）团队，这个调查团队是建立在大数据的基础上的。消费者需要什么？他们对于一个产品的反馈是如何的？这些在市面上是有很多数据支撑的，我们根据这些数据支撑来对我们中国制造商进行反馈，思考在产品上革新和改进的可能性。我觉得这个一手数据是非常重要的，建立在大量的调查和美国人的消费习惯上面。

　　然后我肯定会说：这个东西是一个很酷的产品。最后这个产品会被我们包装得非常酷、非常好看、非常有质感。那些制造商没有去找专业的设计团队、专业的营销团队去讲述他们自己的故事的思维。通过我们的帮助，至少这个产品的质感能够得到提高。特别是面对美国受众的时候，需要结合美国人的思维，我们更多的是制造一个品牌，它能够让美国的消费群体满意，也能够让全世界的消费群体满意。我们可能就要结合全世界各个国家的人的思维，而不单单是一个中国人的思维。

　　当然中国有很多的品牌思维也可以吸取，结合进来。我们想把这些优点都结合在一起，形成一个国际化的品牌，那是非常好的一件事。

　　主持人：听说小米耳机 1 More 最初在全球推广前，先选择了一个纯美的团队拍摄宣传片，但是不符合小米的要求，在最后离上线只有两周的时候，找到了你们 Red Cube？

　　余洋灏：没错，我觉得我们"中国出身、美国工作"的基因能够更好地把握中美文化的差异，能够更好地帮助像 1 More 这样的中国品牌打开海外市场，最终 1 More 在全球获得了不俗的销量。

　　主持人：当前我们已然进入了一个万物互联的时代，尤其对电子商务和信息物流影响极大，甚至在改变我们的消费和生产方式，这对你们而言是挑战大于机遇吗？

余洋灏：其实，中美之间网络销售的差异化挺大的，为什么？现在在中国"网购"的确非常火爆，在美国也红，但是它的市场占有率差不多是一半一半，线下的店一半，线上的店一半，价格差不多。甚至在美国线下的打折力度更大，大家更愿意在商场里面买。

但是中国不太一样，好像淘宝天猫的东西比较便宜，也拉动了快递业，大家都喜欢在网上购买，所以中国互联网思维是非常强的。我也承认，中国在电商方面有很多的经验是可以学习的。美国这两年是慢慢地在网上销售，亚马逊更多，我们现在做的推广以亚马逊推广为主，做电商的引流，还有电商的代运营这样的服务。

主持人：Red Cube 成立至今，为很多中国品牌开拓了市场，也为美国硅谷近百家公司做了大量的广告策划和企业包装。今后，Red Cube 还有什么新的规划吗？

余洋灏：我们会在未来做大量的广告优化，并且结合美国人的消费习惯为中国品牌做精准的定位。我们更多的是想关注一些新奇的、好玩的电子类产品，它们是有新意的。我们公司的标语叫作：告诉你一个不一样的故事。那么是不是每家公司都有一个新的故事能够告诉大家，它的产品是不是有非常好的点和新颖的点能够给消费者带来不一样的体验，这也是我们的立足点。

主持人：这一次 Red Cube 是代表美国硅谷参展中国（宁波）特

色文化产业博览会的，似乎也带来了硅谷的新科技？

余洋灏：因为我自己是个宁波人，所以我就想把硅谷的一些公司还有好的科技项目带到宁波来，给我们的宁波大众看看现在硅谷的"冰山一角"。虽然只是冰山一角，但还是能让大众看到硅谷是什么样子的，现在硅谷的创业团队还有硅谷这些好玩的公司做的项目是什么东西，能够让他们有更多的了解。

就拿我们带过来的几家公司举例吧，现在有 7 家公司，其中一家叫作 Grush，做儿童智能牙刷。儿童智能牙刷是什么概念？现在有很多小孩子不太喜欢刷牙，儿童智能牙刷把刷牙变成一个游戏，跟手机连接，然后牙刷变得智能化，里面安装了各种各样的定位系统，都是在美国拿了很多专利的。通过定位系统，小孩子把牙刷举起来的时候手机上这款游戏小怪兽就出现了，刷左边的牙就可以把左边的小怪兽打掉，每一粒牙齿都能保证刷得非常干净。妈妈在后台也能监控，知道孩子的刷牙习惯是什么，今天有没有刷牙。后台的大数据未来对中国儿童的口腔健康有很大的帮助。

主持人：如果现在有一个年轻人跟你说"我想创业"，你会对他说什么？

余洋灏：那我可能第一个问题就是"你想做什么"？然后再根据他做什么给他一些建议，如果他要做的事情实在太跟贴了，干脆就让他去上班，积累几年经验再来创业。但是有时候这个东西很难说得准，反而是没有工作过的人有干劲，最后还把这个事情做成了，那也是非常棒的。当然学习能力的基础是前期必备的铺垫，他一边工作一边能够和大量的相关行业的专业人士，甚至是投资人互相聊，能够聊出东西来，聊出新的商业模式来，聊出产品的好的理念来，这是非常重要的。不断地保持自我学习的修养非常重要。还有一个就是看你能不能够坚持下来。创业是非常辛苦的。

主持人：拍脑袋说"我要创业"，但是背后的艰苦是常人难见的。

余洋灏：对，这是非常辛苦的一件事情，我们希望还能多坚持几年。我们的整个团队目前来说是非常有激情的，大家都觉得只要把中国产品包装出来就觉得这是很有成就感、很有意义的一件事情。

说到未来，余洋灏希望今后每一个走出国门的公司，都能够想到 Red Cube 这支虽然年轻但创意十足的团队，为它们做品牌化的服务，也希望越来越多的中国制造商走出国门的时候会选择一家中国的公司，他等待这一天的到来。

第十一说

刘彦燊:

给未来办公一点想象

采访人物：刘彦燊，We+（酷窝）联合办公创始人兼首席执行官、亚洲投资者副总裁、美国克罗尼资本亚太区董事总经理。

采访地点：We+ 宁波总部

本期话题：如何打造未来的办公空间？

"联合办公"是一个互联网时代的创造，正在走入共享时代的我们，如何共享办公空间带来的便利？"SOHO 族"的涌现、大众创业的到来，给传统的办公环境和工作需求带来了什么改变？"联合办公"是否是未来理想的办公生态？从整租空间到 O2O 互联，从智慧到智能，开放、平等、自由、分享的互联时代，将会给未来的办公模式带来什么呢？

随着 Uber、Airbnb 相继进入中国，80 后集群的网生代，越来越享受共享模式带来的轻松和便利。无独有偶，也是在近两年，厌倦了正襟危坐的 SOHO 一族和年轻的中小创业团队在宁波不断涌现，催生了更多的众创空间，希望上班的心情不再如同上坟，快乐地工作并生活着，成为新青年们的美好愿景。

We+，作为一个联合办公的众创空间，它的落地打破了创业一族们蜗居传统写字楼的沉闷。在这里，大家可以交流，可以创新，可以有个性的办公环境，公司之间没有边界和间隔，We+ 的理念是"平等、开放、共享"。

We+ 的公共办公工位完全开放，可以单独租一间桌子，也可以定制从 4 人到 100 人的会议室空间，配套咖啡餐厅、健身器械和休息 T 格，头脑风暴、圆桌论坛可以在任意角落随时发生。年轻态的新潮设计、多元化的功能区间，大小不等的办公室、会议室，带给众创办公更多的可能。

刘彦燊说："We+ 不只是做空间，我们是做人与人的链接。以人为本，以共享经济为核心，迎接万众创新的浪潮。"

艺术青年说：专访 We+ 联合创始人兼 CEO 刘彦燊

主持人： 什么是所谓的"联合办公"？

刘彦燊： 从我的角度来讲，联合办公的概念其实很简单，第一是空间，空间必须做得有个性、有设计感，而且比较舒服，适合人坐在这里工作、思考、社交。第二，我们特别注重的就是交流，所以我们的空间里面有大量的公共区域，有一些比较适合现在网生代和年轻一代的新的生活元素。我们讲究社区生态圈的概念，就是通过一个联合办公的空间，把一些相互不认识的小的团队或者创业者联系在一起，通过我们这个平台发挥他们互联互动互信互助的能力，让他们能够发展得更快，找到更多志同道合的合作伙伴，这是我们联合办公的重点。

主持人： 我看到你以前是做投行的，而且成就还不低，怎么突然就投入到这样一个未知的新兴领域？

刘彦燊： 未知好啊，有挑战啊。我觉得人到一定的时候应该为自己做一点事情，联合办公这个平台涉及很多新的领域，包括你刚才讲的智能的办公环境，App。你以前做房东什么时候用 App？哪有那么多研究啊。所以很多新的东西也让我这个年纪的人可以保持年轻的心态，我觉得对自己、对社会都是有意义的。在这个时候，在这个环境可以很好地利用上。

主持人： 据说去年一年 365 天，你飞了 158 趟？

刘彦燊：2015 年我们在上海成立 We+ 之后，基本是这样，跟着 We+ 落地脚步去到不同的城市。如今 We+ 已经在旧金山、赫尔辛基、北京、上海、广州、杭州……11 个城市有了所属的 48 个联合办公空间。

主持人：这样的扩张速度，是原定的战略吗？

刘彦燊：因为众创空间联合办公，不是只有一个空间、两个空间、三个空间就可以完成的，它必须有足够大的规模，这可能就是我们 We+ 跟别人有点儿不一样的地方。在传播范围里面，如果只有一两个空间，单打独斗，跟原来的传统办公是没有什么区别的。所以我们在全国 16 个重点城市，全世界 3 个国家到目前为止开放了 47 个空间，现在好像是 48 个了。所以我想 We+ 的特点是我们在规模上做得比较大，希望能够形成一个大社区的概念。我们的产品一直在迭代，宁波的 We+ 是我们的第三代产品。

主持人：它相比于前两代有哪些方面的提升？

刘彦燊：间隔，空间的这种智能的设置，动线的改变，里面的家具，公共区域跟办公区域的分布等等，灯光，什么样的家具配什么样的灯光，什么颜色的灯光会比较更能显得舒服。

主持人：我一直觉得像北京、上海这样的一线城市，创业小企业比较多，联合办公空间的需求会比较大，再到下一线城市，比如宁波，这种众创空间的理念，会不会水土不服？

　　刘彦燊：宁波是一个传统的商业城市，有很深的这种商业的底蕴，所以我觉得宁波人的商业头脑跟商业环境是绝对没有问题的。至于这个传统的思维，对，没错，宁波这个土壤一直来讲算是比较传统的，可能会有一些限制。但是我觉得如果一个产品他以前没有看过，他看到了以后，如果一个年轻人到这里来，会不会喜欢这种环境呢？他在这里所发挥的活力，会比在一个边远的传统办公的区域里面发挥得更好。所以我想这是一个教育市场的过程，这个市场的潜力还是很大的。
　　我觉得随着经济的转型，创新的压力会越来越大，创新的需求也越来越高。我们 We+ 的团队也不只是服务创业团队，它主要服务的是中小企业，我觉得宁波本身在过去两年里发生的变化很大，包括文创、智能制造的这类创新团队还是很多的。这是我们的第一个空间，也是我们在除了北上广深以外体型最大的一个空间。

　　主持人：宁波的 We+ 空间大概有多大？

　　刘彦燊：4200 平方米左右吧。这是一期，我们对宁波还是很有信心的，试营业了大概四个月不到，出租率已经达到了 70%。

　　我们采访了几个首批进驻 We+ 的小企业，问他们"你觉得 We+

是什么？"得到的回答是：

"一个温暖的办公空间，但又不只是办公。"

"一个可以实现多人协作，比较温暖的空间。"

"是一个很自由、很开心的工作环境。"

"We+ 其实更像是一个创业者的社区。"

Keep well 是一款专做健康生活分享的程序应用，团队的员工告诉我，We+ 提倡"Modern Space（现代空间）"，他们的 Boss 是个海归，特别追求这种开放性的环境。而 We+ 正好创造了这样年轻的环境，可以共享办公资源，在同一个地方容易获得很多新的信息。

在 We+ 类似 Keep well 这样的 90 后 + 互联网的组合成为智能创业的主流。

西门町吃在宁波，宁波知名的自媒体平台，在 We+ 租下了四个空间，以桌位租赁代替整租空间，对像西门町吃在宁波这样的互联网创业企业而言，这就意味着减少了资源浪费和成本投入。

西门町吃在宁波的创始人周奇说，像他们这样的初创型企业落户 We+ 以后，解决了很多方面的后顾之忧。比如说员工要租房子，隔壁就有房产中介；要开公司，旁边就有一个铺位专门办理营业执照。设计美工可以包给 We+，这样一来，企业直接降低了成本，因为对一个初创企业而言，"养人"是最贵的。

主持人：We+ 等于让信息、技能、资源、社交在同一个空间有效流动，让各行各业的人产生更多的交流，也让人际交往和商业沟通更加和谐相容。

刘彦燊：你说得对，众创办公也好、联合办公也好，这一定会对传统办公造成一种冲击，这是一种趋势。

主持人：未来，它会成为一种主流吗？

刘彦燊：我不知道它能不能够成为主流，但是我觉得肯定会在传统办公里面切出一块蛋糕，这块蛋糕到底是 10%、20%，还是 50%，那就要看时间来证明，我觉得肯定是一块大的蛋糕。如果你与欧美的一些主要城市做比较的话，联合办公这种业态大概占比是 8%—15%。目前在中国，即使在上海这么发达的地方，它的占比也还不到 1%，所以我觉得应该还有很大的发展潜力。

主持人：联合办公是共享经济的一个产物吗？因为我知道这个概念最早兴起于美国硅谷。

刘彦燊：我想联合办公的出现是有几个大的背景：一个重大的背景是经济的转型，现在我们已经是世界第二大经济共同体，越来越转向我们所说的创新经济。创新经济需要活力，中国能否维持大国的位置，将来就看我们的创新能力。过去三十年中国靠的是制造业，廉价的劳动力，但这是最后一拨的人口红利，全世界都没有的。因为现在科技的发达已经不需要廉价的劳动力，在这个时候能不能够维持一个大国的地位，非常重要的一点就是看经济能否转型。

传统的工业老区已经式微了。以前一个工厂可以养20万人，你觉得中国现在还有吗？在东莞，那里改革开放四十年以来一直是我们的制造基地，一家工厂本来是5000人、500人，现在只需要50人，明年可能只需要20人，但是产出是一样的，这是经济的发展。所以在这种外部环境和内部环境的改变下，对中国经济转型要求的速度会越来越高，很多大企业觉得现在做得不错，但是他们会发觉在互联网的年代、信息化的年代和高科技的年代，产业变化是非常快的。在今后的5年，包括我们现在所说的工业制造2025往工业试点园区迈进，宁波也是"中国制造2025"的试点城市，它需要大量的创新团队，创新的企业会越来越多，创新的企业大部分是小企业，年轻人，90后、将来马上是00后，他们已经慢慢成为社会的主流，年轻人在传统的楼里面感觉压抑，到这里会感觉欢愉，这是受众的变化，这种模式会越来越适合年轻人。

主持人：创新者的最大动力是改变人类的未来生活，现在我们的联合办公只是打破了空间、资源的格局，将来有没有可能从空间共享发展成为智能交互？

刘彦燊：这个非常高深的话题是人工智能，人工智能在办公上面的体现，其实从我们的角度来讲，我们已经开始做这一步，什么时候能够大幅度运用我也不知道。因为这个技术比较新，到底这个人工智能能够为办公环境提供什么新的服务，大家都在摸索。当然了从我们的角度来讲，智能办公一定是我们的方向，但是目前为止，比如我们的 App，我们对所有东西的控制都是通过 App 实现的，也有人说 App 可以打开门、可以定会议室、可以定不同地方的办公位置，我们在后台做大数据的收集。但是这个数据能做什么？怎么去分析它？我们也在研发，我的研发团队大概 30 个人。IT 部门每天探讨怎么通过智能手机和智能软件提高办公效率。我想将来办公环境肯定会越来越新，新的玩意儿会越来越多，比如说温度的控制、空气的控制、节能的控制都会在这种办公环境做到极限，我们现在也在跟一些大的企业、IT 公司合作，让这种联合办公的环境更有效率。

科技能不能够提高我们的效率？其实我觉得很多科技会影响我们的生活品质。我们去餐厅吃饭常常会看到一对情侣一人拿一个手机，我觉得人被高科技、新科技绑架了，是好还是坏，这就不知道了。

作为 CEO，我下面有四个大区，有一些战略上的方向要决定。比如从发展角度，是内部发展还是收购、合并。比如我们 3 月就做了一个很大的合并，这都是我要考虑的事情。

主持人：2017 年，We+ 与酷窝完成了合并。你说 We+ 的三年计划是将来要在一二线城市布局 200 个联合办公空间，这就意味着三年 We+ 要面临整整 40 倍的扩张增长。有没有担心资金链的问题？

刘彦燊：我是个广东人，和宁波人一样懂得冒险。（笑）资金永远是我们要考虑的一个重要因素，我是做投资出身的，所以我对于资金的敏感度特别高。作为一个传统的投资出身的人，我对互联网的一些商业模式是看不透的，我不知道它什么时候可以赚钱。大家都讲烧钱、烧钱、烧钱，只要占了地盘，你总有一天要盈利的，特别是资源合并，一开始大家都很喜欢，服务都很好，但是当你做成垄断之后，服务就越来越差，因为一家独大。

主持人：会可能出现垄断吗？就像现在共享单车的局面？

刘彦燊：我觉得我们还没有到这一步，这个市场不会一家独大，因为它有地域性，所以我觉得最后的结果可能就是三分天下，三国演义，目前已经是这个局面了，全国规模的就两三家。因为它不像嘀嘀，它的空间还是单个运营，这个效应只是规模效应，并不是一个垄断性的行业。只能说我们有一张火车票，这个火车能够到哪里还不知道。

主持人：表达我个人对你的欣赏，在你 Old man（老男人）的外表之下有一个 New spirit（新灵魂），员工跟你相处起来应该会比较轻松。

刘彦燊：（笑）还有一点儿激情，还有一点儿斗志。做一点儿我认为有意义的事情，也是要为我的后半生考虑和规划。我想做一点儿有意义的事，到这个时候我们创业或者做事的目的就跟原来不一样，原来是为了生活，现在我更多的是为了体现或者满足自己的价值。有没有后悔？可能偶尔会吧，因为太累了，但是大部分时间还是觉得很有意思。现在的时代是五年就变一下，所以我在下半年一定要在我的岗位上培养一个 90 后，这是很必要的，而且要下面的人看到他有希望，而不是都是上面在把控，我觉得这是不对的。

We+ 仿佛开启了我们对未来办公的想象，想象一下入驻 We+ 的所有员工，包括公司高层，都不再拥有固定的工位，开启储物柜，挑选一张办公桌、进入会议室这些流程全部通过手机 App 一键搞定。如果你想要绝对安静，可以选择不允许随便交谈的 Silent Room（安静之屋），以及贴有标签的小隔间。如果你预订的是 Phone Call（打电话）区域的办公桌，就会看到电脑上有一盏别致的小灯，调成红色就表明开启了请勿打扰模式，可以善意地屏蔽想要来搭话的同事。

如果你想体会工作的自由，那么开放的 Walking Area（活动区）以及分布在公司不同角落的座位区会更理想一些，不再隔着高高的隔板，人们可以自由地交谈，员工们可以共用一张桌子，面对面地工作。

如今，身边的好友看到刘彦燊都会开玩笑说，你现在的生活质量好像降低了很多。我问刘彦燊为什么要陷入这一片大浪淘沙之中，他说这事值得做，也应该做，不想在这个时代的浪潮中留下一点儿遗憾，这就是他的梦想。

第十二说

何培均：

造一个天空的院子

采访人物：何培均，台湾最美民宿"天空的院子"创始人。2010年创办"小镇文创股份有限公司"，推动"专长换宿"吸引年轻人进竹山。2012年创办"竹巢学堂"，把社区在地发展实务经验转化为学习课程，希望未来培育更多青年朋友卷起袖子，到乡镇来参与改变。

采访地点：枫林晚书店

本期话题：如何打造一个美丽乡村？

他如何将一栋荒废的百年老屋改造成了台湾最美民宿，把一座老龄化的乡村变成年轻人的创业殿堂？何培均如何理解人与土地的关系？如何让青年理想回归故土？如何把小镇创业融入当地经济发展，让美丽乡村真正活起来？特色小镇的商业模式究竟应该是什么样子，"天空的院子"如何来解决当地的实际问题？大陆的美丽乡村建设能从台湾民宿业的发展中汲取怎样的经验？

扫码收听本期节目

　　何培均 1979 年出生于台湾南投，长荣大学医务管理系毕业，从 26 岁退役创业至今 12 年，他做了三件事：修整了一间民宿，成立了一家公司，做了一个叫作竹蜻蜓的人文空间。

　　12 年前，还在医务管理系读二年级的何培均，因为爱好摄影，偶然间在深山里发现了一座存在了百年的古屋——一座传统的三合院建筑。但是经历了"9·21"大地震和传统经济的转型，古屋的原样已经和竹山过去的热闹一起消失，只留下了一整座破败的空房子。

　　"天空的院子"伫立在南投县竹山镇大安山边，仿佛是台湾农业社会的一个缩影，致富的梦想、传统的文化以及当地的风貌都留在了这里。

　　何培均说，他小的时候，竹山是一个大镇，有大片的竹林，后来由于城市化的影响，又经历了大地震，快速地没落，只剩下老人和小孩住在这里。这些年间，何培均成了第一个走进竹山的人，他想找回那些消失的历史，于是，他决定要把这栋废旧的古屋重新修成年轻的样子。

　　一个年轻人，在距离地面 900 米的高度开始建造他的理想。

艺术青年说：何培均的"天空之城"

主持人：这次来宁波，对宁波的民宿有什么感受？

何培均： 我觉得最主要的是跟当地居民的互动，感觉非常好，你可以在大陆的一些农村跟小镇里看到很多质朴的生活，然后看到很多小朋友、很多奶奶，其实这种环境跟台湾的农村、乡镇，那种质朴的感受是非常接近的，也很熟悉。

主持人： 当初为什么决定要在竹山修建一座"天空的院子"？

何培均： 因为我在大二去那里，看到有一百多年历史的废墟的时候，想到我以前念书到日本和欧洲的经历。这些地方从城市到乡镇，它的文化保存得非常好，台湾这么小，为什么环境会有这种落差，人好像没有感觉到和文化的消逝的对抗是自身的义务。

我是 1979 年出生的，我出生在台湾最好的年代，整个社会发展非常好，我属于一个幸福的世代。在那个时候的第一件事是想把文化给找回来，并不是一开始就是为了开民宿。我当时把想法跟学校老师讨论之后，感觉到如果要谈的是文化的话，我要做的事情是让来的人停留最长的时间，我可以为了文化这件事情放下身段去当民宿的管家，可是如果为了要我开民宿而去开民宿，我一千个不愿意，因为这个行业我观察了 12 年，它太辛苦了。（笑）

因为一个偶然的机会，我忽然在深山里面看到了这么大的古老的三合院废墟。它有上百年的屋龄，大概四十几年没有人住。我毕业当兵，兵役结束之后就决定跟银行贷款，来山中修屋。

主持人：所以你很多的理想是源于台湾 20 世纪 70 年代那个文化特别繁荣的时期吗？

何培均：对，在山上看到有一百多年历史的三合院的废墟，在我的年纪，我没有住过这个房子，但是我知道这是从前台湾农业社会的一个缩影，它应该是属于很多人的，而且应该被保护得很好的。可是我为什么会在这么幸福的年代看到这么失落的当下，我想在我这个时代有对社会的关心，我怎么让社会变得更好，我找到了我存在于这个社会的意义。

我记得那时候没有公车、没有电视台、没有互联网、没人，什么都没有，我从那个时候开始做。

主持人：那个时候在台湾，民宿的概念有像现在这样普及吗？

何培均：当然没有，那算很早期了，而且当时台湾都还没有意识做老屋修复，那是 12 年前了，很早。当时要求申请民宿的执照，所以这个意识还是有的，但是那个时候的民宿也算不上是蓬勃发展。也算庆幸，在那种比较辛苦、不乐观的环境下，当你的思想能够超过一般社会大众的观点的时候，把想法最后实践出来、做出来之后，你也很容易受到整个社会的祝福，他们会发现你原来谈的是文化。所以看到自己跟工作还有社会之间的供给关系是非常重要的，也就是说一份工作不是只有工时跟工资这两个指标，你必须要看到你这份工作的社会价值，这是当时我得到的经验。

主持人：当时（造房子）只有你和你表哥两个人？

何培均：当时其实最重要的是我的表哥，他是个外科医生，从小就要考建筑系、当建筑师，大学考试时我们家里舅公、舅舅、舅妈居然压着他的脖子去填医科，后来他在中山医学院念了7年，除了大六和大七两年暑假在医院实习之外，前面那五年的暑假都在工地当水泥工、板磨工、水电工。我好几次在工地看到他这个样子，觉得让他考建筑系当建筑师的话，可以盖出很多很好的房子，但是他仍然到医院去当了医生。

后来我觉得他在医院非常不开心，当时贷款下来，我买下了这个废墟，第一个想法就是给他打电话，到医院找他，约了一个下午，到山上看了这个房子之后，他当下就决定回到医院，把医生的工作辞掉了一年。

那时候我说要找建筑事务所来帮助规划，他跟我说，不用，我们要去买睡袋，我说买睡袋要做什么？他说从明天开始要住在这个废墟里，要跟这个房子一起呼吸，你要认识它、了解它、设计它。那时候我就感觉他比我还投入，我没想到要这样做，我还记得我跟他说，我们不会自己住在这儿，他说：就是我们不会啊，我们的人生就是要在最不会的时候，解决这个社会最困难的问题，花最多的时间，不能够让我们新的一代的价值观只有钱多、事少、离家近。你必须要去承担这个社会最困难的问题，挑战完问题之后全民的价值会有一个很好的提升，我觉得年轻人要有这个意识的。当时我觉得我表哥讲得非常好。所以当时我就跟他山中修屋，画草图、找工班，人最多的时候大概二三十个工人在这个废墟里，大家摸索，讨论怎么做，那个时候我也从无到有，培养了工作跟生活的经验。

改造古屋，何培均没有钱，他跑了16家银行寻求帮助，而前15家都不出意外地拒绝了他，终于，第16家贷给他1500万台币。这是"天空的院子"的第一个奇迹，何培均借到了1500万台币买下了这块梦想的土地。

主持人：听说你那时候去跑贷款，很多银行都拒绝你，他们拒绝你的理由是不相信你能做成这件事吗？

何培均：一定的，那时候我才刚退伍。我在台湾比较特别，我一退伍就出去创业了，我没有在外面工作过，今年是第12年。所以当时一到银行去，我跟银行的行员说我要创业办贷款，然后他看了我破败的建筑的照片，第一件事情就是跟我说，你还那么年轻，要不要找正经一点儿的工作啊？不然就跟我说你要不要跟父母亲沟通一下啊？孩子在外面做这种事情，那时候是很难想象的，而且我们在竹山搭的那个社区正在封山，完全没人。所以从报酬这些角度来看都是很难贷到款的，最后跑到第16家银行，那家银行五十几岁的经理是唯一一位坐着我的摩托车到山上看这个房子的。当时他就告诉我说，从他的年纪来看，他觉得台湾如果有更多的年轻人有这样的想法，这个社会一定会变得更好。所以我还是觉得一定要保有想要带领这个社会和这个时代进步的观点，有些事情是要做到让它有机会为止。

主持人：为什么把这个民宿的名字取成"天空的院子"，有什么寓意？

何培均：这个名字是我表哥取的，因为它面对一个很大的山谷，海拔大概900米，所以它夏天的时候非常凉爽，有很多萤火虫，在冬天的时候有云海季，雾气在下午的时段会下沉，所以民宿给人一种云雾缭绕的感受，跟城市比起来很像是天空中的三合院。天空意味着对从前的文化的向往和回归，我凝望着天空，希望能把这个理想付诸实践。

它的外观是用古法整修的，将传统跟现代融合在工法上是很难的。整个建筑一根铁钉都没有，都是用榫，也就是木钉去接的。它的白墙里都是竹编和粗糠，历经了台湾"9·21"大地震之后，居然到现在它的结构都没有受到很大的影响。

主持人："天空的院子"存在到现在，有多长时间了？

何培均："天空的院子"花了一年的时间修完，那时候900多平米只有我一个人，我永远记得从早上11点开始一个人拼命打扫，扫到下午3点45分。在当时有人来住的时候，压力很大怕扫不完，但是没有人来住的时候我担心会倒闭，也很想崩溃。我们现在客满只有16个人。

现在已经要迈入到第12个年头。简单来说竹山不是我的家乡，但是今年已经是我在这里的第13年了。这个项目吸引了台湾非常多的民间企业家，他们经常来这里交流。

主持人： 你一直提到这个民宿承载的社会意义，尤其是唤起年轻人的家园意识，这么大的一个社会命题，真的可以通过这样的民宿改造计划去推动吗？

何培均： 从台湾这几年的经验看来，"老屋新立"成了年轻人投入社会，进行创业的首选。台湾这几年大量的青年去了乡村和乡镇，从北部移到南部，对一些老房子做了各种改造。所以我觉得第一个，它改变了年轻人的观念。再来我们从一间民宿转化到做山上一个社区的整体营造，最后跨到了一个小镇，从文化到民宿再到社区最后到小镇，实际上它是一个社会设计的概念，不是只关注民宿建成的数量，而是谈一个产业的概念，而是说怎么把文化落实到一个社区、一个小镇，然后吸引更多的年轻人到这个没落的镇上来。

我们做的产品跟服务都跟家乡有关，怎么样能够让这个镇更国际化，大家一起守护这个没落的镇，把它变成我们的生活，我们就要让更多的年轻人看到这种没落的镇的潜力到底在哪儿。

四年前，何培均发现了一个新的问题，他建的院子和小镇的经济发展虽然带动了游客和产值，但是当地居民的人口数量却一直在减少，从八万人减少到了五万多人。这让何培均开始有了一些警惕和思考，特色小镇的商业模式究竟应该是什么样子？"天空的院子"如何来解决当地的实际问题？如何让乡镇创业加入到当地经济的发展，让生活价值和社会经济有一个更优的互动呢？

主持人： 游客增加、产值增加，而当地的人口却一直在减少，这个问题背后的原因是什么？

何培均： 因为发展的指标只重视人跟钱，虚胖的经济发展跟当地的居民没有关联，所以当地居民很容易把房子租了卖了然后搬走。

我觉得像现在谈农村、乡镇和小镇的时候，不管是大陆还是台湾，这几年区域的发展过度聚焦在地产、招商上，几乎每一家店都在批外面的货然后卖给游客，大家卖的东西都一模一样，大陆的古镇卖的东西一样，台湾的夜市卖的东西一样，短期内造成一种热闹的现象，居民的房租和房价开始往上飙高，居民就只想赶快把房子卖了、租了，自己就搬走了。

每个地方只要一发展起来，当地的居民就不见了，每个地方都被这种概念一一击破，无一幸免。所以台湾这几年的政策都在做一些改善，招商不能够只是招商，要讲究你这个产品跟服务跟当地的友善关系，友善关系越多，给你的配套就越多。现在是互联网的时代了，我们这四年花了很多的时间，在这里落点之后可以透过很多行销的渠道，用成本很低的方法，吸引很多人能够来到这里。来到这儿，到底要体验什么、买什么、用什么，这种事是最重要的。

主持人： 就是处理好情感的关系，让大家觉得这块社区、这块片区是跟自己有关系的。你做了哪些改善？

何培均： 对。所以我们提出几个让观光客变成社会学家的方案。

我们的流程不应该只有规划行程、导览、DIY 这些模式，拼命买空、卖空，一年后只剩下钱跟人。把当地弄得很富有，富得只剩下人跟钱，可是文化不见了、生态破坏了、居民消失了、大家无所谓了。还要花更多的钱去保护文化、保护生态，想办法让居民受教育回到家乡，这是一个恶性循环。

一年来的人潮有一百万的时候就要思考，我让每个来的人在当地种一棵树，二十年之后这里就有一片森林了。

民宿也好，我的餐厅也好，我的公司也好，都要彰显还有解决当地的问题，它们都只是体现当地人文价值的一个中间载体而已。我们有一个餐厅叫作"竹蜻蜓人文空间"，原本是一个老旧的客运站，客运公司要砸掉不要了，它是唯一的一座保持了台湾老客运站外观的建筑，砸了的话，我们的孩子就再也看不到老客运站的样子了。我租了九年，二楼用竹山的竹子做了 5500 多条竹编，把它改造成当地的餐厅，用当地的材料，农夫种什么菜我们就出什么样的菜单。我们把竹山的竹炭变成了民宿的肥皂，请来竹山的百年老铁店制作民宿的钥匙；然后，床头灯采用当地的竹编工艺，床单和被单都是请当地 81 岁的老奶奶来缝制的。所以"天空的院子"的一顿饭，从产地、餐桌到空间到建筑背后都有非常多的社会价值，我们做的民宿和餐厅存在的意义到底是什么，就是要知道什么东西是被社会需要的。

主持人: 现在"天空的院子"每年可以吸引多少游客?

何培均：我们现在这个竹山镇上大概有三个食宿单位，一年大概有两万多名游客来到这个镇上。

主持人：所以以后去台湾南投，就知道不只有日月潭和阿里山了。（笑）

何培均：对，不是只有日月潭和阿里山，台湾还有其他的社会设计、小镇的设计、农村的设计，我觉得这些对比城市的设计可能会是台湾跟大陆的新一代用不同的角度去解决社会问题的一个趋势，我们可以这样引导。

我觉得尤其是现在大陆的特色小镇，美丽乡村的这些政策，应该从社会的角度去思考设计出均化和永续化的指标，尤其是现在大陆的发展已经开始有了反思生活的价值和社会自我的趋势。

主持人：但现实是，乡村的发展始终缺乏永动的力量，因为很多年轻人从乡村出走以后不再回来了。

何培均：我们经过这么多年的摸索，最近就找到一个很好的方法，我们这两年已经有14个团队落到这个镇上创业，从做一个当地有关的产品到最后开店。我第一次办的时候这个镇上只来了四个人，大家都没有意思要来，但三年过去以后，你现在再来看，我那个没落的镇，那边人家不要的仓库，我把它改成一个小教室，现在都是满满的人。旁边希罗村和从新竹来的人，拿着玻璃和酱油要跟竹山合作，也想回到新竹去办这样一个学堂。这都是不一样的形态，但是大家做久了之后，情况就会慢慢地越来越好，所以它是一个陪伴关系。其实台湾跟大陆比较不一样的地方是，我们有一个名词叫陪伴关系，陪伴关系就是说每一个地方的居民、生活、条件家家户户都不太一样，但是我们用陪伴关系来解决这个问题。每个月大家聚在一起，不分你我，也不用钱，你要上台三四分钟，分享你在家乡做了什么样美好的事情，这就叫作价值孵化。

主持人：这个很棒。可是会不会出现一个问题，就是若干年后你们发现带去的文化理想，难以在这个小镇原生的文化土壤和经济生态上落地生根？

何培均：我们很有系统地做这个，年轻人可以到我们这边落户、创业，我们让你上台分享你的创业计划，你用投影告诉我们最困难的问题是什么，我们就会把你的讲话录下来，把所有的问题打包，丢到我们公司的互联网平台，让整个台湾社会的年轻人用自己的专长来认养这些问题。解决了问题就可以到我们的民宿免费住宿几晚，这在台湾叫专长换宿。第一年在我们公司某个镇上的一栋空房换了600多个人来，他们来自世界各地，用了各种专长。公司第一年做专长交换，就有人免费帮我的公司拍了12部广告视频，设计了4个文创产品，架了2个互联网网站，后来有个网站卖给另外一家公司，我公司还赚到钱。以前可能是20个人要去想在这个镇上要做什么，现在变成一年上百个人帮这 20 个人思考这个镇上可以做什么。所以我讲的就是，这些想法和实践会让你非常惊艳。七十几岁的人在说，小学生也在说，要来创业的年轻人也在说，所以这些东西就会变成一个社会的全民教育。

主持人：其实大陆也有，现在农村也在修一些民宿，那些民宿设计得很有现代感，但是我会觉得它很孤独，什么意思呢？就是好像跟周边的环境格格不入。

何培均：对，你如果到我们公司的镇上就会知道，我们的公司跟大家一样，小小的一个楼房，很旧的，弄得比较干净。我们跟他们当地人住在一起，但是里面的空间、摆设、餐厅不太一样，最好的方式就是让大家觉得你的存在是非常特别的，但是进去的时候又会觉得里面的布置非常有想法。不要特别突出，要让大家看到整个地区的美好，把自己缩到最小。但是这件事情我觉得台湾跟大陆都还在学习之中，我们怎么样才能够把自己放小一点，让整个社会变大一点。

如今，何培均的"天空的院子"变成了台湾最美的民宿，而他也走上了北大光华管理学院的讲台，他说台湾最美的是有很多年轻人带着他们的理想进入了社会，让目光重归脚下的故土，重归人和土地的关系。每一个人都种下一棵树，多年后，这里才会成为一片森林。如今，何培均真的看到，越来越多的年轻人回到了竹山镇，歇业多年的旅社也开始修整，准备重新开张。

何培均：比如我们带着游客来，帮着当地种树，我们要跟游客收费。他来了一天之后，我们会告诉他这一天下来他完成的六件在地永续美好的事情是什么。爸爸妈妈带着孩子，企业的老板带着员工来做这样的事情，这个循环对当地来说就不会造成负担，不会变成政府后面要再花更多预算去解决问题的局面。这个思路用大陆的用词好像是顶层设计的循环机制要清楚。台湾现在把它叫作在地美好生活产业，以前我们的发展聚焦在游客的感受，现在是把它拉回来，思考当地的居民未来需要的是什么价值，引导游客去帮助居民建立价值。

不仅是要做民宿，何培均还要保存传统文化对社会的启发，表达台湾这一代年轻人想表达的理想。就这样一根一根的木头，一块一块的砖瓦，900多平方米的建地，最后变成了一个"天空的院子"。

何培均说，"天空的院子"是所有人连接成的一个传奇，它像一座预言式的神秘塔殿，唤起了每一个人内心的善良和宽厚，包括给他贷款的银行家，帮助他的装修师傅，甚至还有收到信函的那位文化局长，因为他真的把在台湾巡演的一位歌手 Matthew Lien 和他的乐队请到了"天空的院子"。何培均至今都不敢相信，自己的偶像有一天会坐在自己建造的院子里弹琴和唱歌，这是一栋老宅建筑起的最美的关系。

第十三说

钱振荣 & 徐思佳:

昆曲创新，永远有人在尝试

采访人物：钱振荣，1967 年生，国家一级演员，1985 年他毕业于江苏省戏曲学校昆剧科，曾经获得首届兰花优秀表演奖。

徐思佳，1985 年生，毕业于江苏省戏剧学校，江苏省昆剧院的年轻演员，在《游园惊梦》中饰演杜丽娘，《桃花扇》中饰演李贞丽。

采访地点：枫林晚书店

本期话题：传统戏曲的"青春化"。

青春版《牡丹亭》作为一种文化现象，对昆曲的传承起了什么作用？如何传承和改良我们的传统曲艺？如何把古老曲艺嫁接到现代舞台？"一戏两看"又是曲艺家们对昆曲艺术的何种创新？

扫码收听本期节目

悠扬婉转、水磨深深，这是昆曲。

昆曲，是中国传统戏曲中最古老的剧种之一，早在元朝末年，昆曲就产生于苏州昆山一代，与起源于浙江的海盐腔、余姚腔和起源于江西的弋阳腔并称为明代四大声腔，同属南系。昆曲中的许多剧本，如《牡丹亭》《长生殿》《桃花扇》等都是古代戏曲文学中的不朽之作，秉承了唐诗、宋词和元曲的文学传统。

2004年，当白先勇先生把青春版《牡丹亭》搬上舞台之后，奇迹般地把一众年轻人吸引进了剧场，细看那舞榭楼台处的绵绵细雨，细听那悠扬婉转中的缱绻情思。这些年，一戏两看《桃花扇》、青春版《长生殿》等一出出青春版的折子戏和新编戏，正在让古老的戏曲艺术重新焕发青春。

白先勇说："我希望现在的年轻人对我们的传统文化感兴趣，让传统文化的精髓影响我们的审美观、影响我们的整个思想，我希望让这些经典还魂。"

艺术青年说：专访江苏省昆剧院著名昆曲表演艺术家钱振荣、徐思佳

主持人：还是先说说白先勇吧，2004 年，他把昆曲青春版《牡丹亭》搬上了舞台。他说："要让四百年的经典重新还魂。"

钱振荣：白老师的作用至少是加速了这个进程，带来了一股清新的空气，让大家感觉戏曲有了青春的活力。以前的话感觉看戏的都是五六十岁的，年轻人怎么可能来看戏？

徐思佳：确实是因为青春版吸引了很多青年人，尤其是高校学生。为什么呢？因为跟我们年龄相近，然后他们就发现："哎呀！是同辈人。"

主持人：昆曲艺术最吸引观众的是什么？

钱振荣：大多数的戏迷先是听唱，一个偶然的机会他听到一句昆曲的唱，觉得很特别或者很喜欢，继续听，继续找，了解它是什么腔调。其实欣赏昆曲的角度很多，从它的文学、音乐、表演都可以慢慢深入，你可能会对某一方面特别偏爱。

昆曲博大精深，不光它的表演很吸引人，就比如它的服装，一般都是苏绣，也许有人会觉得昆曲的服装很漂亮，他很喜欢，再比如它的头面，越来越多的人对这些东西感兴趣。

徐思佳：昆曲有一点跟别的剧种不太一样，我们的唱是没有过门的，所谓的表演就是载歌载舞，我们没有停的时候。

主持人：昆曲复兴之前，剧团的演出状况都是怎样的？

钱振荣：那时候首先没有卖票的概念，演出一场，来看的一般都是有点关系的，喜欢这个的，知道这儿有演出就来看看，基本上是这种情况。一个剧场，下面观众基本就是五六个，台上的演员倒有几十人。那时候我们开玩笑，说这是在木器厂演出。什么叫在木器厂演出？就是下面一片都是木头椅子，零零星星几个观众，台上演员就对着木椅子在演，这就叫在木器厂演出。

主持人：两位老师当年是怎么进入昆曲这个行当的？

钱振荣：其实我进入这一行也是很偶然的，1978年，那时候国家开始重视传统文化了，要大力恢复。我们江苏省戏剧学校昆剧科开始招生，要招的演员最好是能够讲苏州话的，有吴语的基础，那么学昆曲就比较方便。

其实很偶然，有一天我们在上课的时候，突然进来几个陌生的老师，他们在班上看看，说"你、你还有你，先来唱一首歌吧"，然后就唱一首。唱完一首歌，有一个老师上来，"来，跟我学几个动作"，弄弄戏曲的云手，说帮你搬搬腿，看看你的韧带怎样。完了以后说"回去吧"，也不知道干什么。后来大概过了一两个月，突然一个通知来了，说"哎，你被江苏省戏剧学校昆剧科选中了，马上到苏州一个学校一个考试点进行复试"。

徐思佳：（钱老师那时）跟我们（现在）是一模一样的招生模式。（笑）我当时也是在上课，校长带着大队辅导员来的，进门就点名字，我和另外一个男生被叫到校长室里，因为我从小在学校属于文艺尖子，成天代表学校出去参加唱歌比赛和跳舞比赛等等，待遇比较特殊。校长说，唱首歌，然后我就唱了首歌。和钱老师不一样的是，他还问了我几个问题。"你知不知道昆曲啊？""不知道。""那你知道什么？""知道京剧。"最早我妈是要让我考越剧的，为什么呢？因为我外公以前是越剧团的，他是弹三弦的，但是很早就过世了。我妈总觉得我学越剧是跟外公一脉相承。

当时我进考场的时候，这边是昆剧班，隔壁就是京剧班，再旁边就是越剧班。这个情景我记得牢得不得了，往昆曲班教室走的时候，京剧班、越剧班的老师一下子就把我拉过去，"哎呀，跟你讲京剧好""哎呀，跟你说越剧好"。那会儿是1998年，我对昆剧根本是一无所知。

江苏省昆剧院成立于1977年，前身为驻南京的江苏省昆剧团。1960年，为进一步繁荣昆剧，江苏省昆剧团到南京成立一团，留驻苏州的改为二团。1972年一、二团又合并，驻地苏州。"文革"后昆剧开始复兴，江苏省昆剧团一团重新调回南京，建立了江苏省昆剧院。院址在南京市朝天宫4号。从成立至今，江苏省昆剧院挖掘整理了近百出剧目，新编创演了数十台大戏，涌现了一批优秀的昆曲演员。

主持人：2004年对于江苏省昆剧院来说也是转型的一年，徐老师你是在那一年毕业进入剧团的，跟钱老师差了一届。

钱振荣：对的，我们是校友，差一届，差了 20 年。

徐思佳：我们是师生，又是校友，又是同事。我们跟现在的第五代差了 17 年，比起我们这一届和钱老师的差距，其实是缩短了 3 年。

钱振荣：我们的老师 40 岁，跟我们也相差 20 年。他们是 1958 年生人，一年的演出量大概在二三十场左右。所以我觉得人才没有不够，等老师这一辈退休了，我们三四十岁的就要接上。现在市场变化了，我们一年的演出量有五六百场，一下子就觉得人不够用了。我们那时候有七十几个人。

徐思佳：我们没有那么多，演员就 49 个，25 个女生、24 个男生。所以我们这一代人是幸运的，我们从进学校开始，昆曲已经慢慢在复苏了，等到我们毕业的第二年就开始排大戏。在钱老师那会儿是不可能的，他们讲究论资排辈，以前的戏曲都是这样子的，轮到我们还早呢。我们改企了之后一下子要捧新人，《1699 桃花扇》这部戏，起初单位也没想让年轻人排，还是想让老师排的，结果导演他们要求必须要青春靓丽的孩子们排。

主持人：是因为受了白先勇先生青春版《牡丹亭》的影响？

钱振荣：就是因为白先勇做了这件事，他有一种比较新的、操作的、推广的理念，那个时候国内还没有包装明星的概念，特别是在戏曲界，根本就没有的。他就把这个理念给运用到昆曲里面来，就跟推明星一样，把两个主角推出去。而且他选择的阵地也很好，各大高校，吸引来的观众都是年轻人，他说观众一定不能老化。

这引起了一种社会效应，结果是很成功的。我们的《1699桃花扇》也就是模仿他，模仿他的这种模式。

在近代《桃花扇》演出史上这是最年轻的一次演出。昆曲《1699桃花扇》是由著名的话剧导演田沁鑫执导，汇聚了中、日、韩三国艺术家的集体智慧，孔尚任的《桃花扇》，可谓是中国古典戏剧的巅峰之作，而青春版的《1699桃花扇》，将孔尚任原作的44出戏删减到了6出，并在舞美上做了大胆的尝试，而服装设计也在保留传统款式的基础上进行了重新设计，演员的平均年龄只有18岁。

钱振荣：其实这就是青春版《桃花扇》，当时叫16岁的年轻演员演16岁的李香君，符合原著的人物形象。

徐思佳：《桃花扇》就是年轻人刚毕业那会排的，特意请了田沁鑫导演，他因为排过话剧，我们这整出戏吸收了很多话剧的养分。应该说这是戏曲里面第一次用到这样的创新，从开场开始，所有的演员都在台上流动，像回归到明朝时期，秦淮河畔那些歌妓懒懒散散地流动。我们当时把一大卷清明上河图做了背景，还做了回廊，回廊旁边八把椅子，对面再放八把椅子，一共十六把椅子，演员有的站着，有的坐着。

还有一个很大的改变就是戏曲向来是不用玻璃做舞台地面的，我们《1699桃花扇》用了会反光的亚克力板材，灯光打上去，波光粼粼像在水面上一样，因为故事背景在秦淮河畔嘛。但是其实对演员来说，这是非常难受的，真的滑到不行。

钱振荣：演员的靴子，包括女演员穿的彩鞋，底子是牛皮的，只有踩在地毯上比较毛躁的地方才不打滑，有时候还是会滑，要踩在像镜面玻璃那样的材质上的话，必须小心翼翼的。

徐思佳：首演那一场我记得特别牢，我们所有的演员上台前在鞋底都抹了可乐，黏黏的，为了防滑，过去根本无法想象，演员的脚底下哪可能抹可乐的！台搭完以后，我们为了适应这个台，排了好久好久，不停地走台、彩排、走台、彩排。排了一年，这是从来没有过的，一出大戏排了一年，不停地在改。

主持人：就像徐老师说的《1699桃花扇》也好，青春版《牡丹亭》也好，是在现代剧场里表演，那就势必要处理现代剧场与观众、演员的关系，所以也有不少戏迷担心这些"青春版"的新编戏和现代戏，会破坏传统的昆曲美学。

钱振荣：讲到这个的话，首先，它绝对是创新的，从来没有的，但是这个好不好？我觉得当然它有它的好。

徐思佳：视觉效果是好了。

钱振荣：对，但是也绝对是妨碍了演员的表演的，他们的技巧不能得心应手地运用，走个路都要非常小心。那戏曲主要的精髓在什么地方呢？主要的精髓是展现这些华丽的舞台背景，这些波光粼粼的东西吗？是要看演员的表演，看演员的这些……

主持人：确实有这样的矛盾，就是我们到底要看什么？

钱振荣：对，创新的路是永远不停的，永远有人在尝试。尝试的途径不一样，有的是在形式上，有的是在某一个点上，但是肯定是不断地有人在尝试创新，其实哪怕你没有创新，你所谓恪守传统，但是因为你是个现代人，你不知不觉中所受的文化教育都是现代的，然后在你的表演和你的创作中都会带上这些印记，这其实是一个时代的问题。

青春版《牡丹亭》作为一种文化现象，确实在昆曲复苏这个过程中举足轻重。就像那句"不到园林怎知春色如许"，青春版《牡丹亭》能够使得许多年轻人开始关注并喜爱昆曲艺术，这就是最大的贡献。

但另一方面，传统折子戏却在日渐没落，从数据上看，许多昆曲新编戏和现代戏的上座率都在 80% 以上，而传统折子戏的上座率却只有 20% 左右，票务收入的惨淡导致了传统折子戏在舞台上越来越少见，但是大家一直在为了传统昆曲复兴而努力。

主持人：后来就有了一戏两看《桃花扇》？

徐思佳：我说史老师和张老师一直在做的事情是做旧，就是把一个新戏复古，把它弄得像传统戏，这样才能传下去。

一戏两看《桃花扇》的全国巡演开始于 2017 年。从 1987 年江苏省昆剧院首演《桃花扇题画》起，至今整整三十年。三十年的心心念念，这些昆曲艺术家们借着一戏两看把他们对昆曲艺术的创作带到了大江南北。

一戏两看，指的是全本与选场，连续两晚以两种截然不同的方式演绎，因为时至今日，观戏的习惯有了极大的变化，如果将全本传奇搬上舞台演绎一个完整的故事，就《桃花扇》而言就需演 30 个小时以上。所谓选场就是折子戏的集锦，它把传奇里琳琅满目的小人物，生旦净末丑的各种行当变成了折子戏的主角，在某个折子戏里他们的个性、情感能得到集中的艺术体现，同时在选场里观众能更多地欣赏表演艺术，个中况味，而不仅仅是单纯的情节起伏。

江苏省昆剧院的一戏两看《桃花扇》的选场中有《侦戏》《寄扇》《逢舟》《题画》《沉江》5 个折子戏，捡回了许多在全本中被删减，却有价值、有趣味的部分，它与全本犹如互为补充、互为呼应。

徐思佳：我们去年新排出来的一折戏叫《逢舟》，这出戏是张老师新捏出来的。它本来是一出很杂乱的过场戏而已，在整本《桃花扇》里，出场的人物特别多，又是侯方域，又是苏昆生，又是什么乱兵，碰到这个那个的，特别杂乱的一场戏，而且没有什么看头，用我们专业的话讲，不是肉头戏。

"黄河浪里救家人"，这句话给了李贞丽一个结局，是我《逢舟》里的最后一句唱，因为这句话有了今天的《逢舟》。不给李贞丽一个交代似乎对这个人物不太公平，过了《逢舟》，李贞丽这个人物就再也没有在《桃花扇》里面出现了，然后现在改编的《逢舟》里，李贞丽最后嫁给了老兵，其实他在原书里是没有名字的，是以前的一个送信人，负责打仗时书信的来往。现在改编成三个人的戏，一个李贞丽、一个苏昆生、一个老兵，我们在那里面不叫他老兵，张老师想了半天说给他一个什么名字好，后来觉得为了体现两个人的关系，很平民化的夫妻那种，那种最平淡的爱的关系，李贞丽就叫他老货，动不动就叫老货你干什么干什么，就像现在我们老婆、老公那种昵称。而且张老师写了两句，到现在但凡看过《逢舟》的人都会讲这两句话，就是"世事无常，逐浪滔滔，谁个不在舟中"？

主持人："世事无常，逐浪滔滔，谁个不在舟中？"这句话现在成了能概括整出《桃花扇》的一句非常经典的念白！

徐思佳：对，现在但凡看过《逢舟》的人都记得这句话，我看人家发微博，说，今晚看了《桃花扇》，一句话，"世事无常，逐浪滔滔，谁个不在舟中"？所有的人都是这样的标配，一句话，证明他看过《桃花扇》了，而且证明他看过一戏两看的《桃花扇》。

而且改编的词到现在广为流传特别不容易，一处《逢舟》的句子已经变成了一句流行语。《桃花扇》中的李贞丽，我跟这个人物是很有缘分的，从毕业演李贞丽开始，我当时演的传承版，是整个传承版里面唯一一个年轻人，其余全是大咖。从《1699桃花扇》开始我就变成了李贞丽专业户，这个戏真正演出来以后，老师们特别高兴，最关键的是我们现在还年轻，我们身上的一些东西，符合现在这个社会的审美，这跟青春有关。

有人着迷那些唱白，有人因戏而生情。"世事无常，逐浪滔滔，谁个不在舟中？"人生如戏，《逢舟》一折中，李贞丽对苏昆生说的这句话，并非是孔尚任的原笔，而是当代昆曲艺术家们的创作，是他们为这出看似不起眼的折子戏增添的念白，却道出了整部《桃花扇》的精神主题。

如今，成为"世界非物质文化遗产"的昆曲，不再是博物馆式的艺术，逐渐实现了活态的传承，焕发出青春的活力，抚去历史的尘埃，昆曲应该如何在继承原著精神内涵、传承舞台表演形态的基础上再现芳华，如何更好地传递出当代人对昆曲艺术的理解，这似乎是留给我们这个时代的思考。比如一首阿卡贝拉融合的昆曲《游园惊梦》你听过吗？

第十四说

有眼 & 魔岛：
市集是一种聚集人的文化

采访人物：傅瀛洲，有眼市集创始人。

李问，魔岛市集创始人。

他们是宁波市集文化的代表，也是现代人眼中"斜杠青年"。

采访地点：无中生有咖啡店

本期话题："市集"为这座城市带来了什么？

近年来，喜爱"赶集"的年轻人越来越多。这些风格各异的市集，受惠于微信公众号等社交媒体的普及，正蓬勃兴起，席卷而来。为什么看似"不起眼"的市集，能够频频制造出轰动效应？为什么在O2O互联发达的今天，市集却能蔚然成风？市集打造的社群文化，有什么特点？在宁波，小众的艺术市集，如何发展壮大？在网购的冲击下，市集又将走向何方？什么才是真正的"城会玩"？

　　年轻的设计师、无名的艺术家、城市玩家、手工艺者和公益人群……当这些群体聚合在一起，就形成了一种新型的商业概念——市集。在旧时，市集被称为庙会，但如今，市集属于年轻人。

　　传统市集，产生于商品经济不发达的年代，宁波人逢三去南门，逢八去西门，南门三市曾经是老宁波"剁手党"的日常。岁月更替，"赶集"渐渐淡出人们的视线，而由这一基因裂变而来的文创市集却渐渐在我们身边风生水起：有眼市集、鼓楼市集、南塘市集、鲤朵市集正成为文青和创客们的追逐者。

　　在宁波，傅瀛洲创建的有眼市集和李问创立的魔岛，都是市集文化的代表。商业模式的创新正在"拆除"空间门槛，给人们的生活带来一场革命。

　　进入新的时代，市集以另一种方式归来，支撑梦想的生活，加上"创意""新奇"与"美好生活"的标签，让每一次"赶集"都有全新而不同的体验。而对于新时代的"摊主"而言，重要的目的可能不是为了赚钱，而是售卖创意与树立个性。

　　市集真正成了一种社群文化！

艺术青年说：市集归来

主持人：你们是什么时候开始做市集的？

傅瀛洲：我们这个有眼市集创办于 2013 年 7 月，到现在为止做了五年了。

李问：魔岛的品牌创立于 2016 年。

主持人：你们认为的"市集"是什么？

李问：我对市集的理解就是，市集首先是一个空间的概念，它要有意思，有趣，好玩，大家愿意来。所以我想，"魔岛"是一个岛，它可能是一个极乐岛，一个幸福岛，大家都是因为一个目标，一种兴趣而聚集在一起。

傅瀛洲：在我们的印象里，市集一直属于一种文化。

主持人：就是一种聚集人的文化，想聚集什么样的人？

李问：从核心来说，我们想要聚集的还是独立的艺术家，年轻的设计师，对美好事物有追求有向往的人群。可能他们的定位更精准一点，基因决定了，我们的资源只能做更大众化的东西。

傅瀛洲：对我来说，市集会成为城市中各种三教九流的人慕名而来的地方。我们做这么多年来，很庆幸的一个地方就是，我们的粉丝能在甲方就职。（笑）

主持人：想把市集做成一个什么样的模式？

傅瀛洲：我们打造的是一个集设计师、手艺人和消费者于一体的社交群体。其实文创市集的内涵超越了"卖东西"，更多是一种社交。

主持人：作为"鼻祖"，有眼市集到今天，五年的时间，可以说是见证了宁波文创市集的渐渐兴起。但五年前，这还是一个很小众的事物，你是怎么想到做市集的？

傅瀛洲：最早我们的公司是以摄影和设计为主的，周围的朋友都是年轻的设计师和好玩的艺术家，当时在江浙地区是没有市集这种活动业态的。然后我们就想，要不要自己做一个？当初"有眼市集"这个名字其实是大家在打电话聊天的时候产生出来的，没有多想。江浙人肯定懂这个意思，就是"有些事体"，我们音译一下，就成了"有眼市集"。其实刚开始纯粹是为了好玩才去做这件事。

主持人：好玩的过程一定是很曲折的，毕竟是个商业行为，如果要盈利就不是这么好玩了，而且在宁波你们是第一个吃螃蟹的。

傅瀛洲：对，因为这个社会并不是非常理想化的，一个大学生刚毕业，他想要做手作，但是在宁波搞一个类似日本的手作工坊（你知道）根本不可能。需要综合各方面的资源，了解各方面的诉求，解决各方面的问题，一步一步来，这个文化才能真正"务实"。

其实刚开始，我们也不知道到底有多大的人群愿意接受这样的文化，做了第一期第二期直到第五期的时候，我们发现，哪怕是刮风下雨都会有很多人来。也就是说，文艺青年在宁波是存在的，具体的数量还需要我们进行挖掘。

主持人：我们一直说宁波的文化集群不是特别明显，尤其你说的文艺青年存在但需要发掘，这其中的原因是什么？

傅瀛洲：数量少的很大一个原因是宁波没有艺术类的院校，像成都、杭州和上海这三个城市，他们的艺术类院校特别多，他们的人才能够源源不断地往外输出，而且这些院校培养出来的艺术类人才愿意留在成都，留在杭州，留在上海，为这些城市创造一些艺术类的内容，这样创造艺术内容的成本就特别低。但宁波不一样，宁波的艺术人才需要从外面引进，这也是我们要走出去的原因。

最开始做的时候我们邀请了杭州、北京和上海的一些艺术家参与我们的活动，持续了六个月才找到。从2013年年底开始我们一直坚持在做，一共做了30场左右。慢慢为大家所知以后，我们去杭州、上海、江苏、北京，和当地的艺术爱好者合作，把他们的文化重新引回我们宁波。

2013 年 8 月，第一场有眼市集开幕，地点在新芝路上的创意空间。通过分发传单，在豆瓣同城、微博发帖，召集了 30 多位"摊主"。那时的活动没有主题，体验的服务也不多，设计师们的东西都直接摆在地上，不过令人惊喜的是，这个活动却吸引了近 800 人前来。此后，有眼市集开始为人所知，慢慢做成了品牌，并且把面向设计艺术的小众文化做成了一块大蛋糕，招揽了来自全国各地的设计师。

2014 年，有眼团队在杭州尝试做了第一场市集。2015 年 5 月有眼市集正式进驻杭州，收获了中国美院的大批粉丝和设计师的加入。至今有两场活动令傅瀛洲记忆深刻："市集一周年，在宁波大剧院举办活动吸引了 3000 多人。二周年时在杭州的天人合一美术馆举行活动，2 天共有 7000 人次参加。"

主持人：宁波并不像北京、上海这样的一线城市，小众文化的受众范围是相对窄化并且分散的，这对市集文化的推广有没有带来一些困难，你们是怎么做的？

傅瀛洲：我们一直试图把优势资源引入宁波，你会发现，这两年我们总是在挖掘外面的内容，让他们来到宁波，这样别人就知道宁波有市场，这是我们探索的一个目标。比如我的一个顾客，看到一个在做手工皮具的摊位，觉得不错然后买回去，甚至回去以后也会做皮具。

宁波人的商业思维很灵，如果一个东西在宁波还没有出现过，那就要发展它，所以萌芽就有了。这就是我们在做的事。

如今的市集用各种各样的不同主题来定位风格。比如最早在北京举办的"伍德吃托克"美食市集，上海的"鹦鹉螺市集"，还有《城市画报》的 IMART 市集……在世界各国，也经常看到有乡村市集、跳蚤市集、社区市集，还有有机食品、宠物市集等等。来逛市集的年轻人，没有那么明确的目的，似乎因为对美好生活的向往而聚在一起，形成了一种以艺术思维、小资情调和体验式消费为特点的休闲生活方式……

主持人： 在你们以往做过的市集中，有哪些主题的效果是出乎你们意料的？

傅瀛洲： 我们做活动其实是很看天气的，天气特别热或者是下雨都不行。但是做活动的话必须在 15 天甚至 20 天前就发预告，我们从来不会太赶。有一次天气预报说要下雨，而且我们还在室外，所以我们的解决方式就是建小棚子，但是也没有解决任何问题。当时我们发现人来得还是挺多的。文艺青年其实并不会受天气影响，如果你的内容确实是好的，确实有趣，确实在设计上打动了他们，他们愿意过来。

市集是临时性的，一次性的，没有确定的规律。可能同期某一个活动做得比你好，就把你的客群吸引过去了。大多数都是我们预计的，如果来得特别多，我们就很开心。

主持人：现在的市集"玩法"越来越多了，怎么才能持续吸引受众的注意力？

傅瀛洲：当然我们也在很多方向上想过办法。比如在公交车上，我们还在宁波大剧院的小舞台做过市集，我们在椅背上贴了196位我们粉丝的眼球的照片，做了一次行为艺术，并且在现场也做了一个直播间，放送主持人和摊主的交流。

主持人：我很好奇，在市集上卖这些东西，真的比淘宝店卖得好吗？

傅瀛洲：这个数据我是没有的，无法做比较。但是真正有品牌意识的设计师，不会想着自己要卖多少。他们关注的核心是自己能认识多少人，自己能加多少微信，能够沉淀到自己的品牌里的能有多少人。这是他们的核心意识，有时候他们甚至不卖东西，送东西都可以，能把自己的东西展现给大家，有曝光度就行。他们要慢慢给客户灌输自己产品的理念、产品的优质度、价格的合理性以及性价比，成交量是排在这些理念后面的。当场下单的成功率其实并不是特别高。

在市集上，总能遇到意想不到的有趣的人和事，而魔岛生活节创立之初的设想，就是希望让大家去发现生活中的"这些意思"，进去的人都可以在这里发现和创造奇迹。

主持人：魔岛目前做过的最有意思的市集主题，是什么？

李问：那就是最近的一次"真人图书"。

主持人：那次有多少人来做交流？

李问：3天，每天8个分享嘉宾，一共来了24个人，这个活动规模其实并不大，每天有80个人登场那才有意思。

主持人：真的会有这么多人过来聊吗，不"尬"吗？

李问：真的会有很多人来，不过原来我们以为，聊"创业"这个话题应该会有很多人来，但事实上很少，原来的构想没有站得住脚。

主持人：好玩这件事情，产不产生实际利益？毕竟盈利是目的吧，有时候"好玩"的想法，并不一定是一个理想的盈利模式。

李问：好玩的意义并不在于买东西，要买东西直接去超市，超市就能解决这个需求。好玩的内容，以市集的形式把大家组织起来，我们这个场地还是能聚集到人，其实中心还是人，人的故事，他们产生的一些有趣的，丰富的交流。

我的出发点其实就是"人"，和有眼市集也是不谋而合。有趣的人在一起做一件有趣的事，不同的人在一起会产生不同的定位。大家可以看到宁波有很多市集，其实我觉得它们都差不多，这样也好，目标是相同的，就是强调一种交流的方式，增加体验性和新鲜感。

主持人：既然说是"文创"市集，那究竟能为文化产业或者文化发展带来什么？

傅瀛洲：比方说我们的市集去关注扎染，关注丝网印刷，沉浸式话剧，还有 Bossa Nova（巴萨诺瓦）这样一种音乐形式，它们非常非常小众。如果说你能通过参加我们的市集了解这些东西，并且去学习它们、发展它们，这就是我们想要做的事情。让社群在了解内容的基础上发展它，形成新的文化，这就是我们做市集的目标。

我们也想让更多心里有想法的人，或者是刚刚开始做自己喜欢的设计作品的人有一个空间，有一个机会参与进来。有些人光有想法，没有行动力，没有作品的时候，我们的平台就可以吸引他过来，激活他的想法。人都有表达的欲望。

主持人：我看过一篇推文说，市集的产生是商业综合体同质化的救命稻草，单单是在宁波，做市集的就非常多，你们有没有考虑到市集有一天也会同质化?

傅瀛洲：市集可能现在已经在同质化了，而且非常严重，这也是我们没有把很多商业广场一下子全接下来的原因。

主持人：为什么没有想过几家市集联手做一些东西?

傅瀛洲：刚才我们聊的时候其实也发现了，各个市集面向的人群并不完全重合，我做的偏向设计。这个市场非常大，市集的形态也分很多种。从设计的角度切入去做市集，我的切入口、想法和结果与其他做订阅号的、做摄影的是不一样的。我希望能做出各种各样的市集来，看哪些市集比较好，后十年能沉淀下来，能够活下去。或者说并存，现在大家也是在一起做共享单车，就是竞争，竞争才能让这个行业、这种文化、这种形式快速地往前推进。这个是好事情，越多越好，这个体量是完全能够承载我们这些市集并存的，甚至还能再增加五到十个。在上海有三四十个市集品牌，并且大家都活得很好。剩下来的就是好市集，就是这个社会认可的，我们要推动的是文化。

主持人：如今的小屏时代，已经大大地改变了我们社交的方式，尤其是如今的零售新模式，会给市集带来冲击吗?

傅瀛洲：消费体验是不一样的。市集这个业态，拥有者和消费者是面对面的，我会告诉你我这个东西是怎么做出来的，它为什么要这么做出来，这个东西所有的故事我都知道。和相同的人，面对面的消费体验和隔着电脑屏幕网购的是不一样的。但是冲击是存在的，冲击来自多方面的因素。

我很喜欢互联网，因为我自己也是技术出身。我认为互联网是一种能够让人与人之间快速建立联系的工具，它能快速推动各行各业的产业发展。对于市集来说也是一样，我们可以借助互联网这个工具，不用去抵触它，也不用去怕它。它对支付形式和活动推广都有帮助，以前的宣传可能要通过报纸等传统媒体，现在只要建立订阅号，建立自己的粉丝集群就可以了，这种宣传是帮助而不是阻碍。当然会有一部分人觉得网上购物更方便，他们也可以不到线下来，不体验我们提供的这些乐趣，也可以。因为有些人就是"宅"嘛。兴趣是不一样的。这个有好处，同时也有坏处，那市集的主办方也会思考，我们在线下能够提供哪些线上没有的东西，比如说体验感，还有社交的形态。

主持人：可以预想吗，市集这种形态还能热多久？你们将来会一直把市集做下去吗？

傅瀛洲：如果说某一天这个市集确实做不下去了，时代不允许这个形态继续存在了，我们没有必要强制让它存在。没有需求就不需要让它存在，有需求才会继续。

我们还是希望宁波能有一个以市集为主的地标性的地方，一个大的 Market，或者是跳蚤市场，接受二手交易，还有自发性的文化表演，这么一个大家一起去玩的地方。

在如今的斜杠青年眼中，有趣的反义词并不是无趣，而是冷漠，当我们对周边正在兴起的事物，开始产生一点儿兴趣时，文化就产生了。

在如今这个"互联网＋"的时代，文创市集的出现，推动了传统市集的"微创新"，产生了以用户为驱动的营销效果，从平台到服务，不断地试探着商业的痛点。相较于大型的商超，文创市集的架构更加趋于简单、灵活。但如何在蜂拥而起的"市集效应"中形成差异？如何把老城区与新文创结合？市集的回流和改造，可不可以为新零售和社群消费带来一些改变，为城市商业和生活注入新的活力？这都是需要考虑的内容。面向未来的市集，也有着模式升级的需求。

将来的某一天，当风格迥异的市集元素，共享一个屋檐，互相影响又各自发展，那样才是真正的，"城会玩"！

知识点：

"跳蚤市场"起源于"一战"后期，因为战争，各国的商品买卖急剧萧条。有的富人在战争中没落，他们便把家里的东西拿出去摆地摊变卖，普通人家，也将家里不用的东西拿去换钱买吃的，渐渐地形成市场，由于买卖的大部分是衣物，又没有浆洗，买卖的衣物上都生有跳蚤，于是人们便把这种市场叫作跳蚤市场。

附 录

文人画精神的延续与当代
艺术生态创新的路径探寻

发言人：世纪坛艺术馆策划总监柳青；宁波市文化艺术研究院副院长宋臻；宁波大学潘天寿艺术设计学院院长徐仲偶；宁职院艺术学院院长、宁波市美术家协会副主席潘沁；浙江纺织服装职业技术学院艺术学院院长罗润来；宁波日报文体部主任、市文艺评论家协会副主席汤丹文；西泠印社出版社宁波分社负责人阮解；宁波大学潘天寿艺术学院美术系主任马善程；宁波市当代艺术协会秘书长、扬帆美术馆馆长鲁海波；宁波大学潘天寿艺术设计学院副院长沈法；台州学院李志明；浙江省油画家协会副主席韩培生。

访谈地点：宁波帮博物馆

本期话题：文人画精神的延续与当代艺术生态创新的路径探寻。

"中国艺术新视界"国家艺术基金青年艺术创作人才滚动资助作品巡展的作品中展现了当下青年艺术家们所思考的问题：艺术如何表现当代人的精神状态？艺术如何呈现不同时代的变迁？如何将我们优秀的传统文化激活？本次会议主要探讨了文人画精神和当代艺术生态，什么是文人精神？文人精神与当代艺术生态的关系何在？当代怎样传承发展文人画？

主持人：各位老师，今天的主题是文人画精神的延续与当代艺术生态创新的路径探寻，大家可以谈一谈。

世纪坛艺术馆策划总监柳青：各位老师好，我是世纪坛艺术馆策划总监柳青，今天我代表主办单位跟大家做一个展览的背景介绍，国家艺术基金是经国务院批准的，旨在繁荣艺术创作，打造和推广原创精品力作，培养艺术人才，推进我国艺术事业健康发展的一个国家公益基金，2013年底成立，从2014年到2015年共资助了五台艺术创作、艺术人才培养、推广与交流项目、青年艺术创作人才和美术创作，五个类型三千多个项目，我们展览是中国艺术新视界的推广和交流项目，青年艺术创作人才项目在从2014年到2015年国家艺术基金资助的青年艺术创作作品中遴选出一部分作品进行展示。

国家艺术基金资助的两个层面，一方面是通过资金的资助，由艺术家创作作品，结项以后选出一部分优秀作品进行更深层次的资助，另一方面以展览、巡展、学术研讨、出版物、宣传册的形式，通过宣传和推广的方式对艺术家进行再度资助。展览从2016年底开始，第一站是江西的南昌，包括很多艺术学院，在湖北美术学院、四川美术学院、广州美术学院、中国美术学院进行展出，还有我国的东北三省各省级博物馆，湖北地区、河北地区、山东地区各省市级博物馆，到宁波是第 18 站，今年要进行全国范围内的 20 站的巡展。

展览情况基本是这样。

介绍一下世纪坛，北京市委所属的意大利文艺复兴展、北京国际设计展、北京国际摄影周所在地，这次也获得了国家艺术基金对我们的信任和支持，来开展全国范围内的资助项目巡展的系统性工程。

这次展览主题，考虑到江浙地区一直是文人画、文人大家辈出的地区，我们想探讨当代艺术创作在国家政策引领下如何与传统文化、传统文化根基结合，出于当代性的艺术创作的融合与初心，希望各位专家对我们项目多提宝贵的意见和建议。

谢谢。

宋臻：我们嘉宾主要是艺术高校的代表，还有艺术美术类的代表，西泠印社出版机构的代表，宁波市文艺评论家协会的代表、艺术家代表，还有青年艺术基金的，主题也发给过各位老师，老师们畅所欲言吧。

宁波大学潘天寿艺术设计学院院长徐仲偶：第一，我认为国家艺术基金这项活动对真正推动中青年艺术家在国家艺术建设方面的发展是很重要的举措，也是非常有力的推动，所以想到国家艺术基金做这么一件事，再想想我们年轻的时候，真的有很大变化，也很关注青年的成长。

去年我也参加了基金的评审，我作为中央美院的专家，也评了一些青年艺术家，也有不少优秀的。我想就国家艺术基金活动本身，在这提出两个建议，再谈一谈文人画的格局。

第一个建议，我们在设定青年培养计划的时候，一定要根据艺术家个体的发展、个体的特质找到最好的苗头，因为艺术发展不能先拿一个大的东西套上，套上以后一些优秀人才会被去掉。首先从艺术家的特质看，这个人画什么画，有没有非常不一样的东西，而且是不是有未来性、有前瞻性，甚至于他的未来空间发展是不是很好。就像现在四川美院的院长，年轻的时候他画画的能力、特质，和其他同学就是有点儿不一样，恰好是这个不一样，让他一步一步走出来，在他的同代人中就拉开了距离。

因为一般都是先上面戴个帽子，然后选人，这样的话最有特质的人往往会被排除掉。专家评审的时候，第一是要看这个人的特质是什么，他和其他人的不同点是什么。要发现一个人才也是蛮不容易的一件事，就像我们的潘天寿老先生，就是因为他的老师对他特别的关爱，才能走出来。所以我觉得艺术基金一定要关注艺术家个性特质的优势，关注他超群的一面，他和其他艺术家不同的地方，他不平庸，他有特殊之处的话，我们就要关注他。

第二个建议，艺术基金是要建目录的，从大处说是要建目录，对当代型题材、当代社会思考、当代问题研究，有没有前沿性的一批青年人，有的话这批人就要被关注；再一个，对语言的个性化，甚至于语言的创新，有没有特殊做研究的，把它分成目录，目录一旦建起来，就可以自下而上来筛选，和目录配合，这样人才系统就建立起来了。

如果说，只是在一个宽泛的格局中，而没有在目录中构建，就没有两者合一。我的意思，一个是自上的，一个是自下的，合二为一，就达成了人才的选拔。

看了这次的作品，从专业角度有一个感受，有突出潜质的，特别有水平的，没有反映出来。我想这跟选拔可能有一些客观的关系，如果说我们找了自上，又找到了自下，出来的作品力度还会发生变化。

这是我的建议。但我觉得国家艺术基金的推动已经达成了很大力度上的效果了。

第二，对文人画的格局要有一个比较正确的认识。潘天寿先生应该是明代之后产生的一个最伟大的文人画画家，文人画画家不是说远离尘嚣，文人画应该有仕者之风，构建起对国家、对社会，对宏观的态度和气质。最近我也在研究潘天寿，潘天寿是中国画界里，从民国一直到中华人民共和国成立初期，对国家文化安全有最高认识的大师。客观来讲，改革开放有一个缺失，在繁荣的时候同时也有混乱，国家文化发展的安全问题并没有放在桌面上，原来大一统的美术格局，让人失去了艺术家个体自由的创作，反弹过来，八五新潮以后，我们谈自由谈得多，谈自律谈得少了。文人画的一个特点是讲自律，文人画不是讲自由的。潘老先能成为一个大家，而且具有那么高的艺术成就，我觉得他始终是在解决构建中华民族文化发展格局的主体性这个问题，所以他强调双重论，从这个意义上讲，现在青年人在谈自由的过程中也要谈自律，谈自律的过程中要解决国家文化发展的安全问题。

客观上讲，今天我们对印度有一点不了解，美国又去忽悠印度，印度自身文化格局中的自主性往往比我们要强，而我们的开放性比印度更强，但是在开放的过程中不能放松对国家文化安全的态度。一个国家的文化特质变了，它的气质就变了，文化的质感就变了，就会大而空。开放是必需的，但在开放过程中一定要构建自身民族文化的格局。

举一个例子，我们去日本从来就不会觉得日本像美国，我发现，从民俗到建筑到生活习惯再到人与人之间的关系，日本还是保持了自己东方式的格局。从这个意义上讲，我们谈文人画，是希望青年人理解文人画格局，不要误解逸笔草草是文人画，也不要以为以禅宗精神接入到文人画就是文人画的正宗，实际上它是士大夫精神的一种凸现方式。中国古代文人画家都是为官的人，他为了消解在官僚制度下为官过程中对人的压迫甚至于异化来保全自己的品质，通过文人画来坚守自己的内心世界，而这个内心世界就是仕者之风。

所以我一直觉得仕者是今天文化界、艺术界重新要来梳理的问题，仕者并不是为统治阶级服务的，仕者是站在天地之理的中间，站在利民惠民的角度。不是因为皇帝说什么我就说什么，如果皇帝说什么我就说什么，哪里还有方孝孺呢！历史上从来都批奸臣不批皇帝，因为皇帝是正宗，奸臣是坏蛋，奸臣为什么能当道是因为皇帝骨头软，皇帝眼睛不明，所以板子还是要打到皇帝那儿去。

我们作为国家艺术基金，构建的时候一定要有一个文化的导向，我们不是要限制艺术家的发展，而是要发现艺术家的独特性，同时也要发现他们在文化建设中对国家文化建设的一种格局和一种态度。因为这是国家艺术基金，你私人拿钱什么都可以做。

　　我的艺术人生中始终提一个理念，以中国身份凸现中国现代艺术。我从来就不在我的现代艺术家群里跟他们一起说我们要走向现代，现代的特质是以中国身份凸现中国的现代。所以我希望，青年人，要把身份确立起来，因为我们中国走过了一段现代艺术活跃期，或者是懵懂期，或者是草创期，但是在这个过程中，我们被西方的意识形态忽悠，而构建起了一种现代艺术格局的乱象，这个事实已经摆在面前了。所以我们要重新设定怎样在西方找到我们自己艺术构建的营养。

　　李可染先生说："我对一切外来文化的态度是，它们都是我的营养，我用我的胃消化这些营养。"他的意义是很清楚的，从来不改变本身，但是我们要吸纳外来的营养。所以，开放地面对世界，但是要有根性地面对艺术的发展，我认为对青年人是非常重要的。

　　就说这些。

宁职院艺术学院院长、宁波市美术家协会副主席潘沁：我是按照人文这个角度去思考的，我很赞成徐院长的意见，其实我们没有资格谈文人，按照严格中国传统定义的文人来讲，这个时代没有文人了。

　　首先文人是一个类型，人文是一种姿态，先有姿态，才有可能产生文人，才有文人画。道法自然，厚德载物，和而不同，经世致用，与自然生态、文化生态是相对应的。道法自然是一个根源，是自然生态；厚德载物是东方文人的一种自律，实际上也是一种社会生态；和而不同是文化生态，是方法论层面的；经世致用是三合一的。

　　东方文化跟西方文化有一个很重要的差异，东方仕者是解决人跟自然之间的关系，西方更多就是人跟人之间的关系，东方文明优于西方很重要的一面就是这个。

　　我们所说的自然，已经离我们远去了，我们没有办法在道法这个概念再有突破。厚德载物，是真正的君子大丈夫，这是东方文人很重要的一个特征，从这个概念来讲，东方文人的概念已经没有了。它是非常高的一种境界，在这个时代的道德缺失，作为艺术工作者来说也是值得反思的。和而不同是东方人文方法论层面的东西，它讲的是求真容大。古代我们说天子、天下这些概念，它就是包容的概念。经世致用，用这四个字来衡量今天的文人，是很值得反思的。

　　道法自然体现在现在就是国学的兴起，我个人认为是一种表现，真正的道法自然并不是装模作样的国学。陈丹青说过，伟大的宋元的绘画，并不是艺术，而是山河的语言。这一句话很深刻。回到绘画艺术的形式，以此来断定艺术的高低，真正的古代绘画是对自然的道法的理解的结果，这种道法并不是用一个形式可以解释的。

　　厚德载物，深沉、博大、纯朴、知理，这几个词能阐述东方文人该有的气质。这体现出大丈夫与君子之风，在厚德载物中得到了体现。

　　和而不同就是求真容大，万物为我所用。这是东方文化的特征，在很小的方寸里面就可以容下整个心的世界。开放、精进、包容，是在我们这个时代应该吸收的。

　　我很欣赏中央美术学院的校训"尽精微，至广大"。经世致用，就是利他。这个时代我们在各自的岗位太过执着与名利，担当力还是太少了，佛教里讲药就是我们的病，这一句话很深刻。我们常常说把心打开，现在我们是把欲望打开了，但是没有归口，这是非常可怕的。

钱默先生有一句话，倾听风穿过松林的声音。非常平淡的语言，但是道出了东方文人特有的特质。听过大家的座谈，我也做了一些反思。

最后用几个词收尾：传统＋先锋，观点＋技术，实际上也是对自己平时的自勉。

浙江纺织服装职业技术学院艺术学院罗润来院长：我简单讲一下体会，国家艺术基金来到宁波做的这个展览非常好，今天的话题跨度比较大，个人觉得，国家艺术基金从资助专项的青年艺术人才到作品，然后到这样一个跨越18个城市的展览，已经为期一年了，跨越中国大半个版图，今天来到宁波，在展览的过程中，带动这一帮艺术家作品的展现、推广、传播，这个流程非常好，从项目自身来说可能会出更多人才、作品，人才和作品对青年群体来说，是一个成长的过程，是很多实验性、探索性、旺盛的生命力和创造力的表现。所以我觉得在这样一个过程中，在宋院长和有关工作人员的积极引导下，我觉得是对宁波城市文化生态的一个很好的体现。

我做艺术教育，就在浙江纺织服装学院，关注美术设计、视觉、音乐、舞蹈、模特、时尚设计等等，这块领域比较吸引青年人的眼光。青年代表未来和希望，在传统审美中更多是经典的传统，这方面是主流，这没有问题，但是提供当下青年艺术家的探索实践机会，提供当下青年艺术家创作作品的展演和艺术青年学子的互动机会，这一点非常好，从艺术形态上也可以多做一些新的探索。

前段时间我们就在这个场馆，这个院子里做了一个当代艺术的探索，是以现代舞表现为主流，跟灯光、服装服饰、视觉和美术有很多关联点，希望以后国家艺术基金多来宁波，多促进青年艺术家脱颖而出，也促进青年人对艺术的关注。

宋臻：我补充一个背景，这次确实是很特殊的一个机会，实际上国家艺术基金做的全年巡展最初并没有选在宁波举办，当时因为今年亚洲艺术节办了以后，感觉宁波整体艺术氛围不错，通过沟通联系以后增设了宁波站。从艺术研究院的角度来说，实际上主要是搭好平台，做好服务。这个事情很好，我们也很愿意把这个事情做好。当时没有注意到要开研讨会，对宁波市美术界、艺术教育界来说，大家就有了一个平台，能坐下来聊一聊。刚才听下来，老师们的准备非常充分，非常认真，从我们院的角度来说，这样一个研讨会能够集思广益，可能会有不同的观点，但是在不同观点中能体现我们彼此对城市整体艺术生态构建的观点，这是我们想做的事。所以这次我就向韩老师，因为他是我们的老领导，向韩老师报告了一下，请专家的时候我们也有所考虑，一是艺术教育院校，还有宁波各个层面的专家学者。前面我们已经听了学校这个层面，接下来听一听宁波日报文体部主任、市文艺评论家协会副主席汤丹文老师的意见。

　　宁波日报文体部主任、市文艺评论家协会副主席汤丹文：我的身份比较特殊，一个是媒体，一个是文艺评论家协会，最关键的，我也是一个学画的孩子的父亲。昨天我微信问了我的孩子对这个主题的看法，他说艺术生态就是院校制度，今天一看，也对，都是院校的老师，在场的没有学生。我说文人画会怎么样，他说新壶装旧酒，在形式上都是从一个坑到另一个坑。这也代表了一部分青年人对这个的看法。这当然是开玩笑。

　　构建艺术生态，对媒体来说我觉得这个问题可以谈一下，首先是怎么样构建艺术评论，或者是媒体生态。

　　习主席也很重视当下的媒体艺术评论，毕竟还没有达到非常完美的境界，就我来看，比如说宁波日报也搞专版文艺评论，也搞一些研讨会的东西，但是还没有达到一种境界，理想的艺术评论境界，包括媒体人从事艺术评论的，理想的境界应该是一个摆渡人的视角。

　　打一个比方，一帮人吵吵嚷嚷在艺术上有不同见解，走到一条船上，媒体就让他们说，不管说得对说得错说得好说得坏就这样过河，有的人觉得要继续走，有的人想要返回来，这是理想的状态。但恰恰现在因为很多原因，我们不能达到这个境界。有一种权利的批评，陈丹青也说过，媒体毕竟有艺术形态的属性。

　　是不是一定要表现解放军反坦克什么的，这个摄影也可以，为什么非要油画呀？这就是一个问题，这也是一种导向。我理解国家艺术基金实际上是有大的深层文化背景的，这个东西完全可以叫媒体来做。

　　第二是学术和媒体打通。我们比较困惑的是，在宁波这个城市，学校在地理上就跟城市有阻隔，都不在城市中心，更关键的是我们非常希望能够有在座的学术界人士和各位院长一类的人给媒体写写稿子，但这种稿子恰恰很少。为什么？包括文艺评论家协会南主席也是你们高校的，他说发文章两千字不到不算学术成果。我恰恰觉得，在艺术评论方面，做好摆渡人，让社会更多艺术爱好者有参与，现在搞一人一艺，我非常希望学院能接入媒体的评论，字数说起来可能就八、九百字，达不到学术上的要求，这也是一种艺术形态。我们这种人说白了是一种杂家，更不客气说是外行，你让我讲文人画，我就是这样说说，或者去翻翻，没有深入的研究，我们也有自知之明的。

还有批评平台的建立。现在还是不敢批评，刚才徐院长讲得非常到位，实际上这种真知灼见，如果能够在大众媒体上发表的话更好，但是现在画家都是以唱赞歌为主。这也是比较痛苦的地方。

在座的都是宁波艺术界、美术界的大家，以后请多关注媒体文艺评论。

谢谢大家！

西泠印社出版社宁波分社负责人阮解：前天宋院长给了我一个任务，文人画精神的研究。这个题目一方面是文人画，什么是文人画，我有一点儿搞蒙了，文人画我写不来，我就写一个文人，就是人文精神是可以的。

这个课题确实是太大了，我也只能从目前自身的角度谈一谈自己的想法，也做了一些功课。

　　人文一词在中国传统文化里面跟天文相对应，天文是指自然界的运行规律，人文是指人类社会发展的规律，我想只能从这个角度慢慢往下走。

　　人文主张的是完善心智，净化心灵，懂得关爱，这跟我们绘画、搞艺术创作是相通的，大家都是奔着美好的东西去的。从梵高的画中多少也能体会到他强烈的情感，他的情感是从灵魂这个角度发觉的。中国的传统文化体现在自己做篆刻的过程中，一直都是从以前的东西开始深入学起，从秦汉印学一直到当代各流派都在探索中，也需要一批比较出色的作品反映自身的面貌，同时也与当下时代不相违背。我们不可能绕过这个美好的时代或者是抨击这个时代，我们的艺术作品，写的字也好，刻的图章也好，都是反映时代美好的东西，或者是传承的东西。徐院长讲了，艺术肯定是自由的，是在自律里面的自由，我很赞同这个话。我们是带着枷锁在跳舞，这个枷锁是规矩，传统肯定是有规矩的，有了规矩就在这里面跳舞，再去自由。不可能没有规矩的无法无天的自由，那就乱了。没有体系的艺术甚至会影响到我们自己的生活，人文精神就是这种传统精神里面带着规矩再自由地发挥。我是这样认为的。

　　现代的艺术生态路径的探索，这个课题也很大，我们无非是在这个过程中进行了自身的实践。我们西泠印社出版社宁波分社，主要是做出版，艺术类作品的出版和书籍出版，我们还把西泠体系引到宁波做一些展示。我每天都跟作品打交道，因为我既是出版社在宁波的负责人，平时也搞一些创作，晚上11点就进入了黄金时期，开始刻章、写字，我是一个石匠，每天跟石头打交道。

对这个课题和今天这个展览我感触很深，这次展览里基本上都是青年一代的书画家，正好是我这个年龄层次，他们这个过程实际上我自己也走过，从有些盲目，到慢慢目的清晰，尝试几条路以后选择一条，这是艺术家的发展成长经历。青年艺术家很有精神，很有力量，作品蓬勃向上，而且充满了战斗力，充满了激情。书法也一样，胡朝霞的作品，她作为一个女同志，没有非一般的气度是写不出来的，我看了以后启发也很大。我想，我接下来要思考怎么让自己的风格更加出挑。每个艺术家心里可能都有一些抱负，每个人抱负有大有小有多有少，把自己的作品呈现出来，也是让大家共同参与艺术欣赏体验的过程。

我讲得不好。就说这些。

宁波大学潘天寿艺术学院美术系主任马善程：非常感谢，其实我也是来学习的，这个话题非常有意思，我们宁波大学潘天寿艺术设计学院今年一直在做跟这个话题相关的研究活动，包括年初的纪念潘天寿诞辰120周年活动。文人画精神的体现在这个时代可能就不需要再限于画种了，不管是画油画还是国画，还是用综合材料，其实它是一种精神，而不是追究文人画当初是不是要画在纸上或者是不是要用墨水，这个内涵也在不断地拓展，现在画家拿出来的画已经不需要纠结这个问题了。

潘天寿有一句话：凡是有常必有变。常，承也；变，革也。承易而革难。然常从非常来，变从有常起。这不是一朝一夕就可以得到的，他对传统和继承的关系有很深的思考，有一些论断在那个年代引起了轰动性的效应，我的导师说艺术本身就是悖论，大致意思是传统是经典，是经过积淀后稳定下来的价值体系，但是艺术本质却又是创新，要创造新的视觉结构，渴望新的价值体系，艺术家又要要求突破前人的经典，艺术就是无法预知的冒险，这种艺术行为就会容易被否定和贬低。

延伸一点讲，画家都渴望有一天能功成名就，但他真的功成名就的时候，他的画可能就稳定了，这个稳定在某种程度上又变成了对他自身的伤害，因为他成功了就不会轻易改变自己，改革是要付出代价的，通俗地说，就是被招安，我们都捧一个人的时候他就不太容易变。渴望成功却又不成功的时候是一个艺术家最好的状态。这是个人的思考。

潘天寿先生又给我们找到了一种解决办法，他说，中西绘画要拉开距离。但是这一句话听着很保守，但是他在那样的年代，西方观点涌入的时候他发现了这种危险，现在社会缺少文化治安，对进来的东西我们不太具备判断力。潘天寿还是求新求变的，他的著作里面多次提到，接受优良传统，如果不启今用，则所受传统是死传统。倘接受传统，仅仅停止于传统，所受接者，非优良传统。他就很显然，对这种古和今有很少见的理性的把握。他说出来的话，在特定的情形中容易引起误解，但他有自己的判断。给我们构建了一个现代文人画的雏形，现代文人画精神的雏形。

他是借这个话题，实际上提出了如何达到传统与革新之间的平衡的话题，这种平衡就是生态，生态就是平衡。传统与革新如何平衡，这个话题一直走，没有失落，一直在探讨。吴冠中一生都在想这个问题，怎么样把现代和传统结合起来，当然有人质疑。他曾经有一篇文章，把立体派布拉克的构图与潘天寿先生的构图放在一起比较几乎是一样的。你说潘天寿不现代吗？他没有抛弃传统，也被认为是中国最后一位集诗书画印于一体的艺术家。在他之后并没有再出现达到他这种平衡的艺术家了。

今天看了很多作品，我就想说一句：渴望成功、往往又不成功的艺术家就处于最好的状态。谢谢，我就说这么多。

宁波市当代艺术协会秘书长、扬帆美术馆馆长鲁海波：我讲自己对文人画的理解。

文人画与时代同步，每个时代都会出现文人画，文人画是中国东方文化中特有的一个画种，与西方绘画有很大的区别。我认为，文人画首先要确立一个态度，文人画态度很重要，态度确立了，他在思想上、哲学上对东方文化的观点就正确了，如果我们没有东方思维、中国思维的定点，那中国文人画就没法确立这个基点。这个基点成立以后，就产生了一个思维，画家对物象和抽象的思维。中国有很多哲学，归纳起来就是两个字，到最高的境界。我们在低海拔的时候春花烂漫，高海拔的时候就是石头和雪。中国哲学有"虚空"，两个字，是一个态度的问题。展开的艺术作品具有时代性。文人画从元代到现在将近一千来年了，文人画都带着时代的烙印，明代、清代都有各自的烙印，现代也有现代的烙印，烙印真正在哪里，带有民族的文化基因，这是很重要的，如果缺少了中国民族文化的基因，那这个文人画就谈不上文人画了。

国家文化发展安全，很大程度上是因为我们文人画的发展传承，青年人一波一波，老师一波一波地在努力，每个时代都在努力，为的就是确保国家文化发展的安全，这是一个很重要的事情。国家艺术基金这方面挺好，今天聊文人画的精神，我觉得就是中国精神，士大夫对中华民族文化基因传承的精神，如果缺乏了民族文化基因，就是一个相当危险的画作。中国是文化被侵略得很严重的国家，去年、前年连续两年在党派座谈会上提到过，国家艺术基金也好，国家很多基金的推出为的就是解决国家的文化发展主旋律遇到的困难。民族文化的基因一定要毫无保留地传承下去，这是大家一直在做的事情，包括我们院校潘天寿院长也一样，他用那个时代的艺术语言来表达文人画的气质。我们马博士也提到西方文化，文化是通融的，但文化是有民族的，民族性的东西，我们可以就着红烧肉喝白兰地，但是我们骨子里还是喜欢红烧肉的味道，白兰地还是没有中国黄酒、白酒的味道好。中国文化有一定自由度，有别于院体画，有别于主题传统画。中国文人这一群体肯定是关切社会、关切民众最底层的，他们带有自己的思想去看待一个社会问题，而用语言、用诗歌、用诗书画印来表达，他们带有强烈的中国烙印、中国文化烙印。中国文人画传承跟当代艺术生态不违背。

关键在于我们要加强民族文化艺术、民族自信、国家文化安全发展的教育，文人画这一块要有更大的包容性、自由度，更多地让文人画的思想融入进去，不要过多地讲究构图、技法。文人画在某种程度上这些都可以忽略，但是这些东西又不能忽略，这是悖论，你要打进去也要走出来，当你走出来的时候你肯定是带着自己的思想和自己的艺术语言的，所以文人画是个体的，但文人画又是民族的，也是国家的。文人画的延续是一个时代的标记，每个时代的文人画都不同，文人画不等于过去也不等于未来，文人画是当下的。

　　谢谢大家！

　　宁波大学潘天寿艺术设计学院副院长沈法：我从事的工作跟艺术相关，刚才听了各位讲的，很有感触，我是从门外汉的角度来看的，文人画精神的延续与当代艺术生态创新的路径探寻，我认为这里面有两个很重要的问题：一个是精神的延续，文人画其实只是框定了艺术家的概念，其实把中国文化精神延续到艺术家里面也适用，是精神的延续；二是艺术生态，特别是生态。

　　针对当下，青少年和青年到底在干什么呢？现在的小孩子喜欢肥皂剧，这些是不是我们国家最追求的精神，我觉得要打个问号。很多青年艺术家在走上艺术道路的时候，他拿起笔想的并不是如何在艺术上有所追求，他想的是如何能够赚到钱，这跟人文精神是不一样的，那时候人文精神就是我心中有理想，心中有一片天地，才是我画画的动因。如果外行看内行，我建议精神的延续要从中小学开始，国家艺术基金看起来很高大上，但是它传播的，能让小孩子看懂吗？你问小学生、中学生，他们一个都看不懂，他们画的是素描、颜料画、线框线绘，很少有小孩子接受中国画培训，国家艺术基金项目里面对精神的延续要从娃娃抓起，怎么样抓我也想不清楚。应该要有这么一个概念来做这个事情。高大上的有，普及化的也要有，这样我们国家对文人画精神的延续才能产生一定的作用。

我再举一个例子，动物生存法则很简单，大象斗不过很多动物，它也能生存。蚂蚁很容易灭亡，它是靠快速的繁殖才得以生存，文人画要靠快速繁殖，最后在这一大堆基础里面挑一部分优秀的，在优秀的里面再挑一部分。潘天寿先生为什么能成大家，是因为之前的基础大，现在我们的基础不大了。

台州学院李志明：国家艺术基金这个平台比较好，地方不参与评审，给我们很多青年艺术工作者机会带着自己的作品参与到国家艺术基金里面，这个公平公正的机会是非常好的。

文人画的精神，我讲一下自己从设计角度怎么看这个问题。大家关起门来搞传统画，一旦有人画的不一样，一大帮人就会一起说，你画的不对。这就很冒险，一旦有新的出来以后，搞传统的人会自动团结在一起，这是一个现象。

我再对文人画谈点自己的想法：

不要再贩卖传统文化。最近有一款白酒很火，它的广告语是："喝着酒、唱着歌，生活很简单。"白酒市场大整顿，很多白酒都受到影响，它为什么能火？因为它的包装上有很多接地气的话，比如今年冬天很冷，你在遥远的地方过得还好吗？所以它照样卖得很火。传统文化再贩卖过去的老东西比较难，要创造这个时代自己的文化，这是最重要的。就像传统画画来画去大家都差不多，很难区别谁好，一万个人里面出一个就很难。要塑造自己当下的文化。

浙江省油画家协会副主席韩培生：刚才听了各位老师、各位同仁精彩的发言，我也很受感动，我以前不知道有这么一个国家艺术基金，现在知道了。

今天看了一个展览，听了介绍，我想正如各位老师所说的，我们的国家艺术基金，搞这样一个展览，就是在当下给我们搞美术的人和创作的同仁们指出一个努力的方向，这些作品的内容、形式、走向都在跟我们提示当代人创作的思路。我觉得，文人画与人文精神，一个是物质，一个精神，人文是精神的，文人画是产生出来的物质。我们主要是把人文精神传承下去，所以说国家艺术基金的建立就是要确立文化发展的方向。习近平总书记提出，我们的艺术也要跟其他门类一样，要有社会主义中国特色，这个方向要一致。你搞那种很颓废、很丑陋、很扭曲人心的艺术作品，肯定不会被选中的。所以它是方向性的。

各位老师都提得非常好，艺术家是自由的，但自由要有一个度，我们讲究一个度，讲究一个规矩，我们不要超出这个规矩，不要超出这个度，我们的创作才能自由。但是艺术家也应该关心我们的国家大事，关心政治，这方面我感觉是欠缺的，包括展览里面也是欠缺的，这几年我们国家发生了很多大事情、大事件，鼓舞人心的，比如"打老虎""打苍蝇"等等，但是艺术上没有反映出来。其他艺术门类，比如说戏剧、电影、舞蹈都有所反映。虽然不要求每个艺术家都关注政治，但至少一部分艺术家应该关注国家大事，展览里面要有一个感觉能体现时代的特征，这是 2017 年、2016 年画的，不是一百年前画的，所以这方面有一点儿不够。

今天非常好，大家讲得非常完整，表达了自己的思想。

宋臻：我前天带我女儿去看展览，她倒是看得很认真，其中有一个《手机围城》，她说这就是当代社会的状况。今天展览的作品中也能看到当下青年的关注点。

第一，关心当下人的精神状态。第二，关心不同时代的变迁。作品有新旧的对比，不同时代的对比。第三，关心的是传统文化如何激活。这里面的作品包含了这几个方向，我觉得自己还是很受启发，各位老师也提了非常好非常多的意见。我们也必须要为大家搭建好平台，做好服务。

也感谢国家艺术基金对我们宁波的支持。今天王主任也专门讲了，国家艺术基金是新世纪巡展的第十七、十八站，他说宁波是海上丝绸之路巡展的第一站，这个想法很好。宁波这两天在保加利亚的中国文化中心要开张，全世界有很多中国文化中心，但是由城市运营的只有两个，宁波是其中之一。也就是说，我揽个活，这个中心要有个三年行动计划，以后我们可以把一些作品推过去。部里对我们也很信任，我们努力把这个事情做好，要做好也有赖于在座诸位大家一起齐心协力，共同努力。非常感谢大家！

后 记

　　还是要再说一说朱敬一，他也是一期《艺术青年说》的节目嘉宾。这期节目播出于 2018 年 3 月 3 日，很遗憾，没有被收录在这本书里。换句话说，这本书更像是对过去一年多的总结。

　　朱敬一是谁呢？他是一位跨界艺术家，学画出身，写了书法。从他自创"毒鸡汤"书法之后就很知名，成为 90 后最爱的书法家，原因之一也许是他会用"躺着真好"四个大字狠狠地鼓励年轻人一把，而不是教他们"宁静致远"。他说"内心准则"才是解决问题的终极方法，如今，大家活得多累啊！

　　朱敬一评价自己是"奇葩而自洽"，他似乎从不认为自己是一个书法家，他说，"家"字太重，这个世界是被"业余的人"轻轻改变的。好吧，无法反驳。我之所以提到朱敬一，除了有未收录的遗憾，更重要的是希望重申一次，因为我仿佛从他身上看到了《艺术青年说》节目的要义：改变和创造。这 15 篇访谈，不仅打破了我的疑问，也打破了文化艺术的边界。我想，这些"业余""轻巧""有趣而不同""奇葩而自洽"，或许就是这个城市未来的文化艺术的特点，或者说，这些青年人正在兴致勃勃地创造未来，延伸至各个领域，开放而自由。就算是 17 世纪的古典绘画，也有对于规范的偏离，任何可爱生猛的画面总会被人形容为追求自我。让每个人都能受到一种艺术感觉的激发，或许就是人文主义的道理。

其实每一期节目的动机都是微妙的，来自好奇，无关宏旨。说是在谈一种文化，或许也没那么专业，但我想，避免枯燥是真的，因为他们在做的事情都很有趣，仅此而已。甚至我想，任何人都可以这样发问，其实节目只是一种引导，引导更多人成为多元文化的关注者，好奇这个时代，想象一些可能，而不只属于专业领域的研究。我希望能让更多人听见这些声音，并带来一种创造，这样，我们在谈论城市的时候，文化才不只有传统，还有未来。

所以，再次感谢宁波市艺术文化研究院给予《艺术青年说》节目的支持，感谢宋臻副院长的提议，他实在给了我非常自由的选题空间，让我可以对城市文化有了一次如何"个人化"的探索，未必不可借鉴，但希望对全民艺术普及和研究城市青年群体有帮助吧，也感谢每一位节目嘉宾的真诚和信任。

最后，你们不想听听这期被错过的节目吗？